U0842796

中图文库·典雅精装版

诗经·国风

中图文库编委会 编

云南出版集团　云南美术出版社　中国图书进出口(集团)总公司

国风

序

非常荣幸，受托为优雅美妙的《诗经》作序。

《诗经》是中国第一部诗歌总集，它收录了从西周初年到春秋中叶的诗歌共三百零五篇。开启了中国诗叙事、抒情的内涵，确定了中国诗的修辞原则及押韵原则，是北方文学的代表。

《风》又叫《国风》，包括《周南》《召南》《邶》《鄘》《卫》《王》《郑》《桧》《齐》《魏》《唐》《秦》《豳》《陈》《曹》的乐歌，共一百六十篇。其中，《豳》全部是西周作品，其他除少数产生于西周外，大部分是东周作品。《国风》是当时当地流行的歌曲，带有地方色彩。作者大多是民间歌手，但也有个别贵族。《国风》中的周代民歌以绚丽多彩的画面，反映了劳动人民的真实生活，表达了他们在受剥削、受压迫的处境下依然争取美好生活的信念，是中国现实主义诗歌的源头。《诗经·国风》是《诗经》中的精华，是中国古代文艺宝库中一颗璀璨的明珠。

本书编者非常体贴，为诗句里的生僻字及词均细心地加以读音与注释，可让读者在享受铿锵音韵之美的同时，领会到诗句的内涵与感情。孔子曰：「诗可以兴、可以观、可以群、可以怨，迩之事父，远之事君，多识于鸟兽草木之名。」全书错落有致的诗句，能给人以潜移默化的影响，升华内在的气质，修身养性，真正做到「腹有诗书气自华」。

李海峰

二〇一八年八月于北京

诗经

国

诗经—周南

诗经—召南

诗经—邶风

诗经

风

诗经—鄘风

诗经—卫风

诗经

国

诗经—王风

诗经—郑风

诗经

风

诗经—齐风

诗经—魏风

诗经—唐风

诗经

国

诗经

风

诗经—曹风

诗经—豳风

诗经

周南

关关雎鸠，在河之洲。
窈窕淑女，君子好逑。

周南

关雎

关关雎鸠，在河之洲。窈窕淑女，君子好逑。

参差荇菜，左右流之。窈窕淑女，寤寐求之。

求之不得，寤寐思服。悠哉悠哉，辗转反侧。

参差荇菜，左右采之。窈窕淑女，琴瑟友之。

参差荇菜，左右芼之。窈窕淑女，钟鼓乐之。

○**关关**：拟声词，指雌雄水鸟相对鸣叫的声音。**雎**(jū)**鸠**(jiū)：一种水鸟，传说此鸟雌雄终生相守。○**洲**：水中的陆地。○**流**：顺着水流去摘取。○**寤寐**：指日夜。○**思服**：思念。○**琴瑟**：古代弦乐器。**友**：本意亲爱，指友好地交往、亲近。○**芼**(mào)：摘取，拔取。

周南

葛覃

葛之覃兮，施于中谷，维叶萋萋。
黄鸟于飞，集于灌木，其鸣喈喈。
葛之覃兮，施于中谷，维叶莫莫。
是刈是濩，为𫄨为绤，服之无斁。
言告师氏，言告言归。薄污我私，
薄浣我衣。害浣害否？归宁父母。

○**葛**：葛藤，一种多年生纤维科草本植物，纤维可以用来织布。**覃**：蔓延。○**施**(yì)：蔓延。**中谷**：即谷中。○**莫莫**：茂密的样子。○**刈**(yì)：割。**濩**(huò)：煮。○**𫄨**(chī)：细葛布。**绤**(xì)：粗葛布。○**服**：穿着。**斁**(yì)：厌弃。○**师氏**：保姆。○**告**：告假。**归**：回娘家。○**薄**：语气助词，无实义。**污**：搓揉着洗去污垢。**私**：内衣。○**害**：何。○**归宁**：指出嫁女子回娘家。

周南

卷耳

采采卷耳○，不盈顷筐○。嗟我怀人，寘彼周行○。

陟彼崔嵬○，我马虺隤○。我姑酌彼金罍○，维以不永怀。

陟彼高冈，我马玄黄○。我姑酌彼兕觥○，维以不永伤。

陟彼砠○矣，我马瘏○矣。我仆痡○矣，云何吁矣。

○**顷筐**：一种前低后高、容易装满的竹筐。○**寘**(zhì)：同“置”，放置。**周行**(háng)：大道。○**陟**(zhì)：登。**崔嵬**(wéi)：高低不平的土石山。○**虺隤**(huī tuí)：疲乏腿软。○**金罍**(léi)：一种青铜铸造的酒杯。○**玄黄**：马因病毛色焦枯。○**兕觥**(sì gōng)：犀牛角做成的酒器。○**砠**(jū)：覆盖着泥土的石山。○**瘏**(tú)：病。○**痡**(pū)：生病。用于人因疲劳过度而生病。

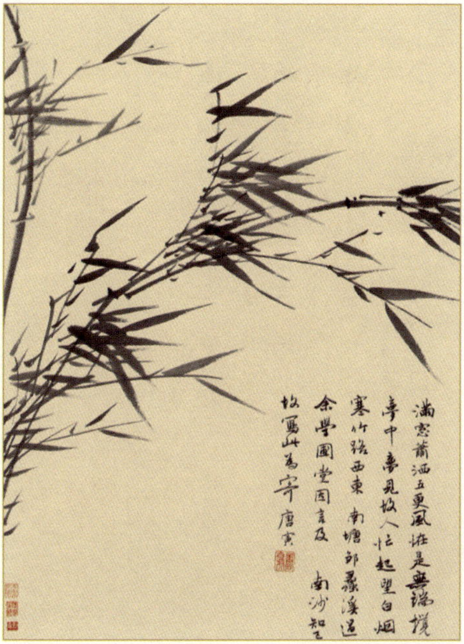

清
唐寅　风竹图（局部）

周南

樛木

南有樛木，葛藟累之。乐只君子，福履绥之。

南有樛木，葛藟荒之。乐只君子，福履将之。

南有樛木，葛藟萦之。乐只君子，福履成之。

○樛(jiū)木：弯曲的树枝。○葛藟(lěi)：葛和藟是两种蔓生植物。累：系，缠绕攀挂。○福履：福禄，幸福。绥(tuǒ)：通“妥”，下降，降临。○荒：覆盖，掩盖。○将：养活，扶助。○萦：萦绕，旋绕。○成：成就，成全。

周南

螽斯

螽斯羽，诜诜兮。宜尔子孙，振振兮。

螽斯羽，薨薨兮。宜尔子孙，绳绳兮。

螽斯羽，揖揖兮。宜尔子孙，蛰蛰兮。

○**螽(zhōng)斯**：蝗虫。○**诜诜(shēn)**：形容数量众多，群集在一起。○**宜**：应该，为祝愿之意。○**振振**：繁荣昌盛。○**薨薨(hōng)**：象声词，很多虫一起飞的声音。○**绳绳**：绵延不绝。○**揖揖(jí)**：群集的样子。○**蛰蛰(zhé)**：多而群聚在一起的样子。

周南

桃夭

桃之夭夭，灼灼其华。之子于归，宜其室家。

桃之夭夭，有蕡其实。之子于归，宜其家室。

桃之夭夭，其叶蓁蓁。之子于归，宜其家人。

○**夭夭**：桃花茂盛的样子。○**灼灼**：花盛开的样子。○**之子**：指新婚的姑娘。**归**：指女子出嫁。○**宜**：和顺，和善。**室家**：指夫家的样子。○**蕡**(fén)：肥大，这里指果实很多的样子。○**蓁蓁**(zhēn)：树叶茂盛。

清
永瑢　平安如意图（局部）

周南

兔罝

肃肃兔罝，椓之丁丁。赳赳武夫，公侯干城。

肃肃兔罝，施于中逵。赳赳武夫，公侯好仇。

肃肃兔罝，施于中林。赳赳武夫，公侯腹心。

○**肃肃**(suō)：兔网严密整齐的样子。**兔罝**(jū)：捕兔的网。○**椓**(zhuó)：敲击，打。**丁丁**：象声词，这里指伐木的响声。○**赳赳**：威武有力的样子。○**公侯**：周朝时期的爵位，当时周天子下分公、侯、伯、子、男五等爵位。**干城**：指守卫的武士。○**中逵**：即“逵中”，多岔路口。○**好仇**：好助手。**仇**：同“逑”，匹配的意思。○**中林**：即“林中”，指密林深处。○**腹心**：指心腹、亲信。

周南

芣苢

采采芣苢，薄言采之。
采采芣苢，薄言有之。
采采芣苢，薄言掇之。
采采芣苢，薄言捋之。
采采芣苢，薄言袺之。
采采芣苢，薄言襭之。

〇**芣苢**(fú yǐ)：即车前子，植物名，其种子可作药用。〇**薄**、**言**：语助词，无实义。〇**有**：采到。〇**掇**(duō)：拾取。〇**捋**(luō)：成把地摘取。〇**袺**(jié)：用手提着衣襟。〇**襭**(xié)：用衣襟兜东西。

周南

汉广

南有乔木，不可休思。汉有游女，不可求思。

汉之广矣，不可泳思。江之永矣，不可方思。

翘翘错薪，言刈其楚。之子于归，言秣其马。

汉之广矣，不可泳思。江之永矣，不可方思。

翘翘错薪，言刈其蒌。之子于归，言秣其驹。

汉之广矣，不可泳思。江之永矣，不可方思。

○**休思**：即休息。**思**：语气助词，无实义。○**汉**：指汉水。**游女**：游于江岸的女子，指汉水边上的女神。○**永**：长。○**方**：指用草或者木头编成的渡河的木排。这里指乘筏渡河。○**翘翘**：树枝挺出，高高的样子。**错薪**：杂乱的柴草。○**楚**：灌木的名称。○**秣**(mò)：喂马。○**蒌**(lóu)：蒌蒿。

清 郎世宁 仙萼长春图十六开（局部）

周南

汝坟

遵彼汝坟○，伐其条枚○。未见君子○，惄○如调饥。

遵彼汝坟，伐其条肄○。既见君子，不我遐弃○。

鲂鱼赪尾○，王室如燬○。虽则如燬，父母孔迩○。

○**遵**：循、沿着。**汝**：汝水，淮河的支流。**坟**：堤岸。○**条枚**：枝叶。○**君子**：女子对丈夫的尊称。○**惄**(nì)：思念，忧愁。○**条肄**(yì)：树枝被砍后再生出来的小树枝。○**遐弃**：远离，遗弃。○**鲂**(fáng)**鱼**：鳊鱼。**赪**(chēng)：红色。"鲂鱼劳则尾赤"，用鲂鱼来形容服役者的劳累不堪。○**燬**(huǐ)：烈火。形容王政暴虐。○**孔**：很。**迩**：近。

麟之趾

周南

麟之趾，振振公子。于嗟麟兮！

麟之定，振振公姓。于嗟麟兮！

麟之角，振振公族。于嗟麟兮！

○**麟**：麒麟，我国古代神话故事中的神兽，相传它鹿身、牛尾、马蹄，头上还有一个角，是古人心中的仁兽。○**振振**：旺盛貌，振奋有力的样子。○**于嗟**：感叹词。○**定**：指额头。○**公姓**：公侯的同姓子孙。○**公族**：公侯同祖的子孙。

诗经

召南

野有死麕，白茅包之。

有女怀春，吉士诱之。

召南

鹊巢

维鹊有巢，维鸠居之。之子于归，百两御之。

维鹊有巢，维鸠方之。之子于归，百两将之。

维鹊有巢，维鸠盈之。之子于归，百两成之。

○**百两**：上百辆车。**御**：迎接。○**方**：占有，占据。○**将**：保护，护送。○**盈**：满，充满。○**成**：指完成了结婚的仪式。

清
郎世宁 花鸟图册十开（局部）

召南

采蘩

于以采蘩？于沼于沚。于以用之？公侯之事。

于以采蘩？于涧之中。于以用之？公侯之宫。

被之僮僮，夙夜在公。被之祁祁，薄言还归。

○**于以**：在何处，在哪里。**蘩**(fán)：即白蒿，一种草名。○**事**：指养蚕的事。○**宫**：蚕室。○**被**(pí)：当时妇女戴的一种首饰，用头发编成的假发髻。**僮僮**(tóng)：形容蚕妇假髻高耸的样子。○**夙夜**：早晨和晚上。**在公**：公桑，即为公侯采蘩养蚕。○**祁祁**(qí)：舒缓的样子，此处指头发散乱。

清

恽冰 蒲塘秋艳图（局部）

召南

草虫

喓喓草虫，趯趯阜螽。未见君子，忧心忡忡。
亦既见止，亦既觏止，我心则降。

陟彼南山，言采其蕨。未见君子，忧心惙惙。
亦既见止，亦既觏止，我心则说。

陟彼南山，言采其薇。未见君子，我心伤悲。
亦既见止，亦既觏止，我心则夷。

○**喓**(yāo)：虫鸣声。**草虫**：蝈蝈。○**趯趯**(tì)：昆虫蹦跳的样子。**阜**(fù)**螽**(zhōng)：蚱蜢。○**觏**(gòu)：见。○**降**：放下，安心。○**蕨**：一种山菜，可以食用。○**惙惙**(chuò)：忧愁心慌。○**说**(yuè)：同“悦”，高兴欢喜。○**夷**：平静，安定。

清 郎世宁 花鸟图册十开（局部）

召南

采蘋

于以采蘋？南涧之滨。于以采藻？于彼行潦。

于以盛之？维筐及筥。于以湘之？维锜及釜。

于以奠之？宗室牖下。谁其尸之？有齐季女。

○蘋：一种可以食用的水生植物。○行潦：流动的水。○筐：方形的盛物竹器。筥(jǔ)：圆形的盛物竹器。○湘：烹煮。○锜(yǐ)：三脚锅，鼎。釜：无足的锅。○牖(yǒu)：天窗，窗户。○尸：古人扮神来主持祭祀。○有齐：齐，美而恭敬的样子。季女：少女。

召南

甘棠

蔽芾甘棠，勿翦勿伐，召伯所茇。

蔽芾甘棠，勿翦勿败，召伯所憩。

蔽芾甘棠，勿翦勿拜，召伯所说。

〇**蔽芾**(fèi)：树木高大茂盛的样子。**甘棠**：棠梨树，高大的落叶乔木，花色为白色。〇**翦**：修剪枝叶。**伐**：砍伐。〇**召**(shào)**伯**：即召伯奭。**茇**(bá)：草屋，这里作动词，指召伯虎曾经在草屋中居住。〇**败**：破坏，摧毁。〇**憩**(qì)：休息。〇**拜**：弯曲，攀折。〇**说**(shuì)：通“税”，停留。

召南

行露

厌浥行露，岂不夙夜，谓行多露。

谁谓雀无角，何以穿我屋？
谁谓女无家，何以速我狱？
虽速我狱，室家不足！

谁谓鼠无牙，何以穿我墉？
谁谓女无家，何以速我讼？
虽速我讼，亦不女从！

○**厌浥**(yì)：湿淋淋，潮湿的样子。**行露**：道路上有露水。**行**(háng)：道路。○**夙夜**：指天刚要亮的时候。○**谓**：无奈。○**角**：鸟喙。○**女**：同“汝”，你。**无家**：没有成家，这里指没有婚配。○**速**：召。**狱**：诉讼，打官司。○**室家**：夫妻。此处指结婚。○**墉**(yōng)：古代屋子柱子间的墙壁。○**女从**：听从于你。

清
郎世宁　花鸟图册十开（局部）

召南

羔羊

羔羊之皮，素丝五紽。退食自公，委蛇委蛇。

羔羊之革，素丝五緎。委蛇委蛇，自公退食。

羔羊之缝，素丝五总。委蛇委蛇，退食自公。

○**五**：同“午”，交错的意思。**紽**(tuó)：缝合。下文中的“緎(yù)”和“总”也是缝纫的意思。○**退食自公**：在公家吃完饭回家。另一说是退朝后回家吃饭。**公**：公门。○**委蛇**(yí)：形容步履悠闲，慢慢行走的样子。

召南

殷其雷

殷○其雷，在南山之阳○。何斯违斯○。莫敢或遑○？
振振○君子，归哉归哉！
殷其雷，在南山之侧。何斯违斯，莫敢遑息○？
振振君子，归哉归哉！
殷其雷，在南山之下。何斯违斯，莫或遑处○？
振振君子，归哉归哉！

○**殷**：雷声。○**阳**：山的南面。○**斯**：第一个“斯”指人，第二个指地方。**违**：离开。○**或**：有。**遑**：闲暇。○**振振**：老实的样子。○**息**：喘息。○**处**：安居，指在家住下去。

召南

摽有梅

摽○有梅，其实七兮○。求我庶士○，迨其吉○兮。

摽有梅，其实三兮。求我庶士，迨其今兮。

摽有梅，顷筐塈○之，求我庶士，迨其谓○之。

○摽(biào)：飘下，落下。○实：果实。七：七成。○庶：众，多。士：年轻的未婚男子。○迨(dài)：及，趁着。吉：吉日，好日子。○塈(jì)：拾取。○谓：告诉，约定。

召南

小星

嘒彼小星，三五在东。
肃肃宵征，夙夜在公，寔命不同！
嘒彼小星，维参与昴。
肃肃宵征，抱衾与裯，寔命不犹！

○**嘒**(huì)：星光微弱、暗淡的样子。○**三五**：一说是参三星、昴五星，故称三五；另一说是用数字表现星星的稀疏。○**肃**：快速行走。**宵征**：夜行。○**夙夜**：早晚。○**寔**(shí)：是，此。○**参**(shēn)、**昴**(mǎo)：二星宿名。○**衾**(qīn)：被子。**裯**(chóu)：床帐。○**不犹**：不如，不同。

召南

江有汜

江有汜，之子归，不我以。不我以，其后也悔。

江有渚，之子归，不我与。不我与，其后也处。

江有沱，之子归，不我过。不我过，其啸也歌。

○**汜**(sì)：长江的支流，也指从主流流出后又汇入主流的小河。○**之子归**：丈夫归家。○**以**：相处，在一起。○**渚**(zhǔ)：水中突起的小沙洲。○**处**：忧伤。○**沱**：江水的支流。○**过**：至。○**歌**：哭声。**啸歌**：号哭。

召南

野有死麕

野有死麕，白茅包之。有女怀春，吉士诱之。

林有朴樕，野有死鹿。白茅纯束，有女如玉。

「舒而脱脱兮！无感我帨兮！无使尨也吠！」

〇**麕**(jūn)：獐子，鹿的一种。〇**吉士**：对男子的美称，这里指猎人。〇**朴樕**(sù)：小树，可作柴烧。〇**纯**(tún)**束**：捆绑，捆扎。〇**舒而**：慢慢地。**脱脱**(tuì)：舒缓、缓慢的样子。〇**感**(hàn)：通"撼"，意为动摇。**帨**(shuì)：女子的佩巾，即围裙。〇**尨**(máng)：长毛且凶猛的狗。

召南

何彼襛矣

何彼襛矣？唐棣之华。曷不肃雍？王姬之车。
何彼襛矣？华如桃李。平王之孙，齐侯之子。
其钓维何？维丝伊缗。齐侯之子，平王之孙。

○**襛**(nóng)：鲜艳、繁盛的样子。○**唐棣**(dì)：树木名。○**曷**：何。**肃雍**：严肃雍和。○**王姬**：周王姓姬，其女或孙女为王姬。○**平王之孙**：周平王的外孙女，亦是齐侯之女，即下文中“齐侯之子”，二者实为一人，意在表明这位出嫁姑娘的出身。○**维、伊**：是。**缗**(mín)：合股的丝绳。

召南

驺虞

彼茁者葭，壹发五豝。于嗟乎驺虞！

彼茁者蓬，壹发五豵。于嗟乎驺虞！

〇**茁**(zhuó)：草木茂盛的样子。**葭**(jiā)：芦苇。〇**发**：驱赶。**豝**(bā)：母野猪，有时小猪也叫豝。〇**于嗟乎**：表达赞美的感叹词。**驺**(zōu)**虞**：当时的兽官名，文中指猎人。〇**蓬**：蓬草，蒿草。〇**豵**(zōng)：刚满一岁的小野猪。

诗经

邶风

自牧归荑，洵美且异。
匪女之为美，美人之贻。

邶风

柏舟

汎彼柏舟，亦汎其流。耿耿不寐，如有隐忧。
微我无酒，以敖以游。
我心匪鉴，不可以茹。亦有兄弟，不可以据。
薄言往愬，逢彼之怒。
我心匪石，不可转也。我心匪席，不可卷也。

○**汎**(fàn)：随水浮动。○**耿耿**：心事重重、忧愁不安的样子。○**隐忧**：藏在内心深处的忧愁。○**微**：非，无，不是。○**敖**：游的意思。○**匪**：同“非”。**鉴**：镜子。○**茹**：容纳，包容。○**据**：依靠。○**薄言**：此处有勉强的意思。**愬**(sù)：同“诉”，告诉，诉苦。

威仪棣棣，不可选也。

忧心悄悄，愠于群小。觏闵既多，受侮不少。

静言思之，寤辟有摽。

日居月诸，胡迭而微？心之忧矣，如匪浣衣。

静言思之，不能奋飞。

○**棣棣**：雍容安和，上下尊卑秩序井然的样子。○**选**(suàn)：通“算”，计算。○**悄悄**：忧愁。○**愠**(yùn)：怨恨。○**觏**(gòu)：遇见，遭受。**闵**：忧愁，祸患。○**有摽**(biào)：捶打胸口的样子。○**居**、**诸**：都是位于语尾的语气助词，没有实义。○**胡**：何，为什么。**迭**：更换，变动。**微**：昏暗无光。

邶风

绿衣

绿兮衣兮，绿衣黄里。心之忧矣，曷维其已！

绿兮衣兮，绿衣黄裳。心之忧矣，曷维其亡！

绿兮丝兮，女所治兮。我思古人，俾无訧兮！

絺兮绤兮，凄其以风。我思古人，实获我心！

○**曷**：何，怎么。**维**：语气助词，无实义。**已**：停止，停下。○**裳**：下装，形状类似于现在的裙子。○**亡**：通“忘”，忘记。○**古人**：故人，也指亡妻。○**俾**(bǐ)：使。**訧**(yóu)：过错，错误。○**絺**(chī)：细葛布。**绤**(xì)：粗葛布。○**凄其**：同“凄凄”，凉爽。

清
郎世宁 花鸟图册十开（局部）

邶风

燕燕

燕燕○于飞，差池○其羽。之子于归，远送于野。
瞻望弗及，泣涕如雨。
燕燕于飞，颉之颃○之。之子于归，远于将○之。
瞻望弗及，伫立以泣。

○燕燕：一对燕子。○差(cī)池：参差不齐的样子。○颉(xié)：鸟向上飞。颃(háng)：鸟向下飞。○将：送。

燕燕于飞，下上其音。之子于归，远送于南。
瞻望弗及，实劳〇我心！
仲氏任只〇，其心塞渊〇。〇终温且惠，淑慎其身。
先君之思，以勖寡人〇！

〇**劳**：指思念之带。〇**仲**：家中排行第二。**任**：信任。〇**塞渊**：形容心胸开阔能包容。〇**终**：既。〇**勖**(xù)：帮助，勉励。**寡人**：君主的自称。

邶风

日月

日居月诸，照临下土。乃如之人兮，逝不古处。
胡能有定？宁不我顾。
日居月诸，下土是冒。乃如之人兮，逝不相好。
胡能有定？宁不我报。

○**居、诸**：语气助词。古人多用日月比喻丈夫。○**下土**：大地。○**逝**：发语词，无实意。**古处**：以古道相处。○**胡**：何。**定**：指正常的夫妻相处之道。○**宁**：乃。**顾**：顾念。**我顾**：顾我。○**冒**：覆盖，笼罩。○**报**：理睬，答应。

日居月诸，出自东方。乃如之人兮，德音无良。
胡能有定？俾也可忘？
日居月诸，东方自出。父兮母兮，畜我不卒。
胡能有定？报我不述。

○**德音**：名声，名誉。○**俾**：使。○**畜**：养育。**卒**：终，到底。○**述**：说。

邶风

终风

终风且暴，顾我则笑。谑浪笑敖，中心是悼。

终风且霾，惠然肯来。莫往莫来，悠悠我思。

终风且曀，不日有曀。寤言不寐，愿言则嚏。

曀曀其阴，虺虺其雷。寤言不寐，愿言则怀。

○**终风**：大风。○**顾**：回头看。○**谑**：调戏，调笑。**浪**：放荡。**笑敖**：调笑。○**中心**：心中。**悼**：哀伤。○**霾**：大风扬尘。○**惠然肯来**：爱我即可来见我。○**悠悠**：思念的样子。○**嚏**(tì)：打喷嚏。民间传说打喷嚏是因为被人想念。○**虺虺**(huǐ)：雷声。○**怀**：怀念，想念。

清
郎世宁 仙萼长春图十六开（局部）

邶风

击鼓

击鼓其镗○，踊跃用兵。土国城漕○，我独南行。

从孙子仲○，平陈与宋○。不我以归○，忧心有忡。

爰○居爰处？爰丧其马？于以求之？于林之下。

「死生契阔○」，与子成说○。执子之手，与子偕老。

于嗟阔兮，不我活○兮。于嗟洵○兮，不我信○兮。

○**镗**：象声词，击鼓的声音。○**土**：用作动词，修建土木。**土国**：在国内做土工。**城漕**：在漕邑修建城墙。○**孙子仲**：人名，卫国南征统兵的主帅。○**平陈与宋**：调解陈宋两国的不和。○**不我以归**：不让我回来。○**爰**(yuán)：何处，哪里。○**契**：团聚。**阔**：分离，分别。○**子**：指作者的妻子。**成说**：定下约定，结下海誓山盟。○**活**：通“佸”，相聚，聚会。○**洵**(xún)：长久。○**信**：守信用。

邶风

凯风

凯风自南，吹彼棘心。棘心夭夭，母氏劬劳。
凯风自南，吹彼棘薪。母氏圣善，我无令人。
爰有寒泉，在浚之下。有子七人，母氏劳苦。
睍睆黄鸟，载好其音。有子七人，莫慰母心。

国风

〇**凯风**：南风，和风。此处喻母爱。〇**棘**：酸枣树，此处喻子。〇**夭夭**：指树木茁壮，茂盛。〇**劬**(qú)：辛苦，劳苦。〇**棘薪**：酸枣树已经长大可以做柴烧，比喻儿子已经长大成人。〇**圣善**：善良明事理，品德高尚。〇**令人**：善人。〇**爰**(yuán)：语气助词。**寒泉**：卫地水名，冬夏常冷。〇**浚**(xùn)：卫国地名。〇**睍睆**(xiàn huàn)：乌儿婉转动听的鸣叫声。

邶风

雄雉

雄雉于飞，泄泄其羽。我之怀矣，自诒伊阻。
雄雉于飞，下上其音。展矣君子，实劳我心。
瞻彼日月，悠悠我思。道之云远，曷云能来？
百尔君子，不知德行。不忮不求，何用不臧！

○**雉**(zhì)：野鸡，山鸡，诗中用雄雉来比喻丈夫。○**泄泄**(yì)：鸟慢慢张开羽毛飞行的样子。○**自诒**(yí)：自找，自取。亦作"遗"，遗留。**伊**：其。**阻**：忧愁，苦恼。○**展**：诚实。○**瞻**：远望。○**云**：与下句中"云"均为语气助词，无实义。○**百**：全部，所有。**君子**：有官职的君子、大夫。○**德行**：道德品质。○**忮**(zhì)：疾害。**求**：贪心。○**臧**：善，好。

宋 马远 白蔷薇图页（局部）

邶风

匏有苦叶

匏○有苦叶，济有深涉○，深则厉○，浅则揭○。
有瀰○济盈，有鷕○雉鸣。济盈不濡轨○，雉鸣求其牡○。
雝雝○鸣雁，旭日始旦。士如归妻○，迨冰未泮○。
招招舟子，人涉卬否○。人涉卬否，卬须○我友。

○匏(páo)：葫芦。○济：河名。涉：徒步前进。○厉：穿着衣服下水。○揭(qì)：撩起下衣渡河。○瀰：水满貌。○鷕(yǎo)：象声词，雌性野鸡的鸣叫。○濡(rú)：沾湿，浸湿。轨：车轴的两端。○牡：指雄雉。○雝雝(yōng)：雁叫声。○归妻：娶妻。○迨(dài)：等到，趁着。泮(pàn)：（冰）融化。○卬(áng)：第一人称代词，我。卬否：我不愿走。○须：等待。

宋
赵佶 梅花绣眼图页（局部）

邶风

谷风

习习谷风，以阴以雨。黾勉同心，不宜有怒。
采葑采菲，无以下体。德音莫违，「及尔同死。」
行道迟迟，中心有违。不远伊迩，薄送我畿。
谁谓荼苦，其甘如荠。宴尔新婚，如兄如弟。
泾以渭浊，湜湜其沚。宴尔新婚，不我屑以。
毋逝我梁，毋发我笱。我躬不阅，遑恤我后。

○**黾(mǐn)勉**：努力、勤奋。○**葑(fēng)**：蔓菁。**菲**：萝卜。○**下体**：根部。比喻娶妻不重其德，只重其色。○**德音**：指夫妻间的誓言。○**伊**：是。**迩**：近。○**畿(jī)**：门内，这里指门槛。○**荼(tú)**：苦菜。○**荠**：荠菜，味甜。○**湜湜(shí)**：水清澈见底。○**逝**：往，去。**梁**：用石块垒成的拦鱼坝。○**发**：搞乱。**笱(gǒu)**：捕鱼的竹笼。○**躬**：自身。**阅**：容纳。**恤**：考虑，顾念。

就其深矣，方之舟之。就其浅矣，泳之游之。
何有何亡，黾勉求之。凡民有丧，匍匐救之。
不我能慉，反以我为仇，既阻我德，贾用不售。
昔育恐育鞫，及尔颠覆。既生既育，比予于毒。
我有旨蓄，亦以御冬。宴尔新婚，以我御穷。
有洸有溃，既诒我肄。不念昔者，伊余来塈。

○**有**：指富有。**亡**：无。○**民**：人，这里指邻居。○**慉**(xù)：好，喜爱。○**阻**：拒绝。○**育**：生活。**鞫**(jū)：穷困。○**颠覆**：艰难，患难。○**毒**：毒物，害人之物。○**旨蓄**：美味的腌菜。○**洸**(guāng)：本意为水涌出，这里形容粗暴的样子。○**诒**：留给。**肄**(yì)：辛苦，辛劳。○**塈**：爱。

邶风

式微

式微式微，胡不归？微君之故，胡为乎中露！

式微式微，胡不归？微君之躬，胡为乎泥中！

○**式**：语气助词，无实义。**微**：昏暗，指天黑。○**胡**：为何、为什么。○**微**：非，不是。**故**：事。○**中露**：露中，露水之中。

邶风

旄丘

旄丘之葛兮，何诞之节兮。叔兮伯兮，何多日也？

何其处也？必有与也。何其久也？必有以也。

狐裘蒙戎，匪车不东。叔兮伯兮，靡所与同。

琐兮尾兮，流离之子。叔兮伯兮，褎如充耳！

○**旄(máo)丘**：卫国地名。一说指前高后低的土山。○**诞**：通“延”，延长。○**叔、伯**：对当时贵族的称呼。○**以**：理由，原因。○**蒙戎**：蓬松的样子。○**匪**：彼。**东**：向东。○**靡**：无。**同**：同心。○**琐**：细小。**尾**：通“微”，渺小，卑贱。○**流离**：离散。○**褎(yòu)如**：盛装貌。**充耳**：塞耳，即充耳不闻。

邶风

简兮

简兮简兮，方将万舞。日之方中，在前上处。
硕人俣俣，公庭万舞。有力如虎，执辔如组。
左手执籥，右手秉翟。赫如渥赭，公言锡爵！
山有榛，隰有苓。云谁之思？西方美人。
彼美人兮，西方之人兮！

○**方将**：将要。**万舞**：周天子时一种规模宏大的宗庙舞蹈。○**方中**：正中，这里指正午。○**俣俣**(yǔ)：伟岸、魁梧的样子。○**公庭**：公堂或庙堂的庭前。○**辔**(pèi)：马的缰绳。**组**：用丝线编织成的带子。○**籥**(yuè)：古时管乐器名。○**秉**：持，拿。**翟**(dí)：古时舞师手里所拿的野鸡尾。○**赫**：红色。**渥**：湿润。**赭**(zhě)：红土。○**公**：卫公。**锡**：同“赐”，赏赐。**爵**：古时的酒器，这里指酒。

宋
佚名 梅竹双鹊图页（局部）

邶风

泉水

毖○彼泉水○，亦流于淇○。有怀于卫，靡○日不思。
娈○彼诸姬，聊与之谋。
出宿于泲○，饮饯于祢○。女子有行○，远父母兄弟。
问○我诸姑，遂及伯姊。

○毖(bì)：泉水涌出的样子。泉水：卫国水名，即篇末的“肥泉”。○淇：卫国水名，今在河南。○靡：无。○娈(luán)：美好。○泲(jǐ)：卫国地名。○祢(nǐ)：卫国地名。○行：出嫁。○问：告别。

出宿于干，饮饯于言。载脂载舝，还车言迈。
遄臻于卫，不瑕有害。
我思肥泉，兹之永叹。思须与漕，我心悠悠。
驾言出游，以写我忧。

○**脂**：脂膏，用作动词，指在车轴上涂油脂。**舝**(xiá)：车轴上的金属键，这里作动词，指安装金属键。○**还车**：掉转车头。**迈**：行路。○**遄**(chuán)：快，迅速。**臻**(zhēn)：至，到达。○**肥泉**：卫国水名，即篇首的“泉水”。○**兹**：同“滋”，更加。○**写**：同“泻”，宣泄，消除。

邶风

北门

出自北门，忧心殷殷。终窭且贫，莫知我艰。
已焉哉！天实为之，谓之何哉！

王事适我，政事一埤益我。
我入自外，室人交遍谪我。
已焉哉！天实为之，谓之何哉！

王事敦我，政事一埤遗我。
我入自外，室人交遍摧我。
已焉哉！天实为之，谓之何哉！

○殷殷：担忧、忧伤的样子。○终：既。窭(jù)：贫困，窘迫。○王事：王室的差事。适我：扔给我，推给我。○埤(pí)益：增加。○室人：家人。谪(zhé)：责备，指责。○敦：逼迫。○摧：讽刺，嘲讽。

宋
佚名　嘉禾草虫图页（局部）

邶风

北风

北风其凉，雨雪其雱○。惠而好我，携手同行。
其虚其邪○？既亟○只且！
北风其喈，雨雪其霏。惠而好我，携手同归。
其虚其邪？既亟只且！
莫赤匪狐○，莫黑匪乌。惠而好我，携手同车。
其虚其邪？既亟只且！

○**雱**(páng)：雪很大的样子。○**其**：同“岂”，语气词，加强反问语气。○**亟**：同“急”，紧急。**只且**(jū)：语气助词。○**莫赤匪狐**：狐狸没有不是红色的。

邶风

静女

静女其姝○，俟我于城隅○。爱○而不见，搔首踟蹰○。

静女其娈○，贻我彤管。彤管有炜○，说怿○女美。

自牧归荑○，洵美且异○。匪女之为美，美人之贻。

○**静**：文静。**姝**(shū)：美好。○**俟**(sì)：等待。**城隅**：城门角楼。○**爱**：同“薆”，躲，隐藏。○**踟蹰**(chí chú)：徘徊。○**娈**(luán)：美好的样子。○**炜**(wěi)：光彩鲜亮。○**说怿**(yuè yì)：喜悦。○**牧**：郊外，野外。**归**：通“馈”，赠送。**荑**(tí)：初生的白芽。○**洵**：确实，实在。**异**：奇特。

邶风

新台

新台有泚，河水沵沵。燕婉之求，籧篨不鲜！

新台有洒，河水浼浼。燕婉之求，籧篨不殄！

鱼网之设，鸿则离之。燕婉之求，得此戚施！

○**新台**：台名，卫宣公为了迎娶新媳妇所建的行宫。**泚**(cǐ)："玼"的假借字，鲜明的样子。○**燕婉**：指安静、美好的样子。○**籧篨**(qú chú)：癞蛤蟆一类的东西，象征心底丑恶的人。○**洒**(cuǐ)：高峻的样子。○**浼浼**(měi)：水盛貌。○**殄**(tiǎn)：同"不鲜"。或以为不美。○**鸿**：虾蟆。**离**：同"罹"，落网。

邶风

二子乘舟

二子乘舟，泛泛其景。愿言思子，中心养养。

二子乘舟，泛泛其逝。愿言思子，不瑕有害。

○**泛泛**：船在水中漂浮的样子。**景**：通“憬”，远行。○**愿**：思念。○**养养**：忧愁不安的样子。○**逝**：往，去。○**不瑕**：不至于。**害**：祸患。

诗经

鄘风

相鼠有皮，人而无仪。
人而无仪，不死何为？

鄘风

柏舟

汎彼柏舟，在彼中河。髧彼两髦，实维我仪。之死矢靡它。母也天只，不谅人只！

汎彼柏舟，在彼河侧。髧彼两髦，实维我特。之死矢靡慝。母也天只，不谅人只！

○**汎**：浮行。○**中河**：河中。○**髧**(dàn)：头发下垂的样子。**髦**(máo)：齐眉的头发。○**维**：乃，是。**仪**：配偶。○**之**：到。**矢**：发誓。**靡**：无。**它**：其他。○**也**、**只**：语气词，无实义。○**谅**：体谅。○**特**：配偶。○**慝**(tè)：通“忒”，改变，更改。

鄘风

墙有茨

墙有茨，不可埽也。中冓之言，不可道也！
所可道也，言之丑也！
墙有茨，不可襄也。中冓之言，不可详也！
所可详也，言之长也！
墙有茨，不可束也。中冓之言，不可读也！
所可读也，言之辱也！

国风

○茨(cí)：蒺藜。○埽(sǎo)：同“扫”，扫去，除去。○中冓(gòu)：宫闱，宫室。○襄：除去，消除。○详：细说。○读：宣扬。

鄘风

君子偕老

君子偕老，副笄六珈。委委佗佗，如山如河，
象服是宜。子之不淑，云如之何！

玼兮玼兮，其之翟也。鬒发如云，不屑髢也。
玉之瑱也，象之揥也，扬且之皙也。
胡然而天也！胡然而帝也！

瑳兮瑳兮，其之展也。蒙彼绉絺，是绁袢也。
子之清扬，扬且之颜也。展如之人兮！邦之媛也！

○**副、笄、珈**(jiā)：均为首饰名。○**委委佗佗**(tuó)：行走时端庄美丽、从容自得的样子。○**象服**：古代贵妇穿的礼服，其上绘有鸟羽或日月星辰等图案作为装饰。○**玼**(cǐ)：这里指服饰鲜艳。○**鬒**(zhěn)：头发黑而且浓密。○**髢**(tì)：假发。○**瑱**(tiàn)：耳瑱，垂于两鬓的玉饰。○**象之揥**(tí)：象牙材质的簪子。○**瑳**(cuō)：颜色鲜艳。○**绉絺**(zhòu chī)：精细的葛布。○**绁袢**(xiè pàn)：内衣。

鄘风

桑中

爰采唐矣？沫之乡矣。云谁之思？美孟姜矣。
期我乎桑中，要我乎上宫，送我乎淇之上矣。
爰采麦矣？沫之北矣。云谁之思？美孟弋矣。
期我乎桑中，要我乎上宫，送我乎淇之上矣。
爰采葑矣？沫之东矣。云谁之思？美孟庸矣。
期我乎桑中，要我乎上宫，送我乎淇之上矣。

〇**爰**：在哪里。**唐**：菟丝子，蔓生植物。〇**沫**(mèi)：地名，在今河南省淇县。〇**云**：位于句首的助词。〇**孟**：同辈分中排行最大的。〇**期**：约定。〇**弋**(yì)：姓。〇**庸**：姓。

鄘风

鹑之奔奔

鹑之奔奔，鹊之彊彊。人之无良，我以为兄。

鹊之彊彊，鹑之奔奔。人之无良，我以为君！

○鹑：鹌鹑，鸟名。奔奔：成双成对飞翔的样子。○彊彊(qiāng)：义同“奔奔”。○君：君主。

宋
佚名 霜柏山鸟图页（局部）

鄘风

定之方中

定之方中，作于楚宫。揆之以日，作于楚室。
树之榛栗，椅桐梓漆，爰伐琴瑟。

升彼虚矣，以望楚矣。望楚与堂，景山与京。
降观于桑，卜云其吉，终然允臧。

灵雨既零，命彼倌人。星言夙驾，说于桑田。
匪直也人，秉心塞渊，騋牝三千。

○**定**：二十八星宿之一。○**楚宫**：指楚丘的宫庙。○**揆**(kuí)：测度，测量。○**榛栗**：落叶乔木，榛果形圆而壳厚，栗果比榛果大。两者皆可食用，还可供祭祀之用。○**升**：登临。**虚**：故城。○**卜**：用龟甲占卜。○**允臧**：确实好。○**倌**(guān)**人**：管驾车的小臣。○**星**：即披星之意，指早行。○**说**：通“税”，停下，休息。○**秉心**：居心。○**騋**(lái)：七尺以上的马。**牝**(pìn)：雌马。

鄘风

蝃蝀

蝃蝀在东，莫之敢指。女子有行，远父母兄弟。

朝隮于西，崇朝其雨。女子有行，远兄弟父母。

乃如之人也，怀婚姻也。大无信也，不知命也。

○**蝃蝀**(dì dōng)：虹。在古代，虹是不祥之兆，古人认为婚姻错乱将会出现彩虹。○**指**：用手指。古人对虹有所忌讳，不敢用手去指。○**有行**：出嫁。○**隮**(jī)：虹。○**崇朝**：终朝，整个早晨，一上午。○**怀**：通“坏”，破坏。○**信**：贞洁。○**命**：父母之命。

鄘风

相鼠

相鼠有皮，人而无仪。人而无仪，不死何为？

相鼠有齿，人而无止。人而无止，不死何俟？

相鼠有体，人而无礼。人而无礼，胡不遄死？

○**相**：看。○**仪**：威仪，指端庄、严肃的态度。○**止**：节制，约束自己的行为。○**俟**(sì)：等待。○**遄**(chuán)：迅速，快。

鄘风

干旄

孑孑干旄，在浚之郊。素丝纰之，良马四之。
彼姝者子，何以畀之？
孑孑干旟，在浚之都。素丝组之，良马五之。
彼姝者子，何以予之？
孑孑干旌，在浚之城。素丝祝之，良马六之。
彼姝者子，何以告之？

○**孑孑**(jié)：旗帜高举的样子。**干旄**(máo)：一种顶端以牦牛尾作装饰，丝绳作流苏的彩旗。○**浚**：卫邑。○**素丝**：白丝。**纰**(pí)：在衣冠或旗帜上镶边。○**良马四之**：驾着四匹好马。○**姝**：顺从。○**畀**(bì)：给予。○**旟**(yú)：绘有鸟隼图案的旗。○**都**：近郊。○**组**：束丝之法。○**旌**(jīng)：一种缀牦牛尾于竿头，下有五彩鸟羽的旗帜。○**告**：建议。

鄘风

载驰

载驰载驱，归唁卫侯。驱马悠悠，言至于漕。

大夫跋涉，我心则忧。

既不我嘉，不能旋反。视尔不臧，我思不远。

既不我嘉，不能旋济。视尔不臧，我思不閟。

○**载**：语气词，无实义。**驰、驱**：快马加鞭的意思。○**唁**(yàn)：慰问死者家属。**卫侯**：卫文公。○**漕**：卫国邑名。○**大夫**：指许国追来劝阻许穆夫人回卫国的诸臣。**跋涉**：登山涉水，表现路途艰辛。○**既**：尽、都。**嘉**：赞许，赞成。○**旋反**：返回。**反**：同“返”。○**臧**：善。○**不远**：不迂阔，切实可行。○**济**：渡水。○**閟**(bì)：闭塞。

陟彼阿丘，言采其蝱。女子善怀，亦各有行。

许人尤之，众稚且狂。

我行其野，芃芃其麦。控于大邦，谁因谁极？

大夫君子，无我有尤。百尔所思，不如我所之。

○**陟**(zhì)：登。**阿丘**：小丘。○**蝱**(méng)：草药名，即贝母，可治抑郁病。○**善怀**：多愁善感。○**行**：道理。○**芃芃**(péng)：草木茂盛的样子。○**控**：赴告，告诉。○**因**：亲近，依靠。**极**：至。

诗经

卫风

投我以木桃，报之以琼瑶。
匪报也，永以为好也！

卫风

淇奥

瞻彼淇奥，绿竹猗猗。

有匪君子，如切如磋，如琢如磨。

瑟兮僩兮，赫兮咺兮，有匪君子，终不可谖兮。

瞻彼淇奥，绿竹青青。

有匪君子，充耳琇莹，会弁如星。

○**奥**(yù)：河岸弯曲的地方。○**猗猗**(yī)：美好的样子。○**匪**：通“斐”，文采。○**切、磋、琢、磨**：古代冶器的工艺，用以比喻君子的修养方法。○**瑟**：矜持、庄重的样子。**僩**(xiàn)：威武。○**赫**：光明。**咺**(xuān)：通“煊”或“愃”，坦白、光明磊落。○**谖**(xuān)：忘记。○**琇**：一种像玉的石头。**莹**：色泽光润晶莹。○**会**：帽子缝合的地方。**弁**(biàn)：古时男子戴的一种皮帽子。

瑟兮僩兮，赫兮咺兮，有匪君子，终不可谖兮。

瞻彼淇奥，绿竹如箦○。

有匪君子，如金如锡，如圭如璧○。

宽兮绰○兮，猗重较○兮。善戏谑○兮，不为虐○兮。

○**箦**(zé)：茂盛的样子。○**圭**：古代帝王诸侯举行礼仪时所用的玉器，上尖下方。**璧**：古代一种玉器，扁平的圆板，中间有孔。贵族朝会时，手持圭璧。○**宽**：宽厚。**绰**：温和，温柔。○**较**：古代车上供人扶靠的横木。○**戏谑**：开玩笑。○**虐**：刻薄，过分。

卫风

考槃

考槃在涧，硕人之宽。独寐寤言，永矢弗谖。

考槃在阿，硕人之薖。独寐寤歌，永矢弗过。

考槃在陆，硕人之轴。独寐寤宿，永矢弗告。

○**考**：筑成。**槃**(pán)：指木屋。**涧**：山中流水的小沟。○**宽**：宽敞。○**永**：永久，永远。**矢**：发誓。**弗谖**(xuān)：不忘记。○**阿**：山坳。○**薖**(kē)：同“窝”。○**过**：来往。○**陆**：高而平的地方。○**轴**：本义为车轴，此处指盘旋。

宋

佚名 霜篠寒雏图页（局部）

卫风

硕人

硕人其颀，衣锦褧衣。齐侯之子，卫侯之妻。
东宫之妹，邢侯之姨，谭公维私。
手如柔荑，肤如凝脂，领如蝤蛴，齿如瓠犀。
螓首蛾眉，巧笑倩兮，美目盼兮。

○**颀**(qí)：身材修长的样子。○**衣锦**：穿锦制的衣服。**褧**(jiǒng)**衣**：麻质单衣，古代女子出嫁途中所穿。○**谭公**：谭国国君。**维**：是。**私**：女子称姐妹的丈夫为私。○**蝤蛴**(qiú qí)：天牛的幼虫，身体长而白。○**瓠犀**：形容牙齿洁白整齐。○**螓**(qín)：蝉类，体形像蝉而小，额头宽而方正。**蛾**：蚕蛾，形容眉细长而黑。○**倩**：笑时脸颊现出酒窝的样子。○**盼**：眼珠黑白分明。

硕人敖敖，说于农郊。四牡有骄，朱幩镳镳，
翟茀以朝。大夫夙退，无使君劳。
河水洋洋，北流活活。施罛涉涉，鳣鲔发发，
葭菼揭揭。庶姜孽孽，庶士有朅。

○**敖敖**：身材高而苗条的样子。○**朱幩**(fén)：马嚼铁边用丝绸缠绕做装饰。**镳镳**(biāo)：指丝巾飘扬的样子。○**翟茀**(zhái fú)：用野鸡毛装饰的车。○**施**：设，放。**罛**(gū)：大渔网。**涉涉**(huò)：撒网入水的声音。○**鳣**(zhān)：鲤鱼。**鲔**(wěi)：鲟鱼。**发发**(bō)：鱼尾摆动的声音，形容鱼多。○**揭揭**：向上扬起的样子，形容长势旺盛。○**庶**：众。**姜**：姜姓女子。○**朅**(qiè)：威武的样子。

卫风

氓

氓之蚩蚩，抱布贸丝。匪来贸丝，来即我谋。
送子涉淇，至于顿丘。匪我愆期，子无良媒。
将子无怒，秋以为期。乘彼垝垣，以望复关。
不见复关，泣涕涟涟。既见复关，载笑载言。
尔卜尔筮，体无咎言。以尔车来，以我贿迁。

○**氓**(méng)：从别国迁来的人，指其丈夫。**蚩蚩**：笑嘻嘻、憨厚的样子。○**布**：古时的货币，即布币。**贸**：贸易，交换。○**顿丘**：地名。○**愆期**(qiān)：延误，拖延。○**将**(qiāng)：请，希望。○**乘**：登上。**垝垣**(guǐ yuán)：断墙。○**筮**(shì)：用蓍(shī)草占吉凶。○**体**：卦体，卦象。**咎**：过失，责备，此处指卜卦的凶兆，不吉利的话。○**贿**：财物，这里指嫁妆。**迁**：搬走。

桑之未落，其叶沃若。于嗟鸠兮，无食桑葚。
于嗟女兮，无与士耽。士之耽兮，犹可说也。
女之耽兮，不可说也。桑之落矣，其黄而陨。
自我徂尔，三岁食贫。淇水汤汤，渐车帷裳。
女也不爽，士贰其行。士也罔极，二三其德。

○**沃若**：色泽光润的样子。○**耽**：沉溺，迷恋。○**说**：同“脱”，摆脱，解脱。○**陨**：掉落，落下。○**徂(cú)尔**：到你家，嫁给你。○**三岁**：多年，三是虚数。**食贫**：过苦日子。○**汤汤(shāng)**：水势盛大的样子。○**渐(jiān)**：沾湿，浸湿。**帷裳**：车上的帷幔。○**爽**：过失，差错。○**贰**：不专一。○**罔极**：没有标准，指品行不端。

三岁为妇，靡室劳矣。夙兴夜寐，靡有朝矣。
言既遂矣，至于暴矣。兄弟不知，咥其笑矣。
静言思之，躬自悼矣。及尔偕老，老使我怨。
淇则有岸，隰则有泮。总角之宴，言笑晏晏。
信誓旦旦，不思其反。反是不思，亦已焉哉。

○**靡室劳矣**：不以家务事为劳苦。○**夙兴夜寐**：早起晚睡。○**靡有朝矣**：不止一天如此。○**遂**：顺从。○**咥**(xì)：大笑。○**躬**：自己。**悼**：伤心。○**隰**(xí)：低湿的地方。○**总角**：古代儿童把头发扎成形似牛角的两个结，这里指童年。**宴**：快乐。○**晏晏**：和悦的样子。○**反**：反复，变心。

宋 林椿 果熟来禽图页（局部）

卫风

竹竿

籊籊竹竿，以钓于淇。岂不尔思，远莫致之。

泉源在左，淇水在右。女子有行，远兄弟父母。

淇水在右，泉源在左。巧笑之瑳，佩玉之傩。

淇水滺滺，桧楫松舟。驾言出游，以写我忧。

○**籊籊**(tì)：竹竿细长的样子。○**尔思**：思尔，思念你。○**致**：到达。○**泉源**：水名，在朝歌城西北方。○**瑳**(cuō)：玉色鲜白，这里用来形容牙齿洁白。○**傩**(nuó)：走路的节奏。○**滺滺**(yōu)：河水流动的样子。○**桧**：常绿乔木，又名刺柏。**楫**：船桨。**松舟**：松木做的船。

卫风

芄兰

芄兰之支，童子佩觿。虽则佩觿，能不我知。
容兮遂兮，垂带悸兮。
芄兰之叶，童子佩韘。虽则佩韘，能不我甲。
容兮遂兮，垂带悸兮。

○**芄**(wán)**兰**：草本植物，又名萝摩，果实像羊角。○**觿**(xī)：古代用象骨制成的小锥，解衣带绳结的用具，头尖尾粗，形状像牛角，是古代成人的象征。○**容、遂**：雍容安闲的样子。○**悸**：带子下垂的样子。○**韘**(shè)：俗称“板指”，古代射箭时套在右手大拇指上用来钩弦的工具，用玉或骨制作。○**甲**：同“狎”，亲昵。

卫风

河广

谁谓河广？一苇杭之。谁谓宋远？跂予望之。
谁谓河广？曾不容刀。谁谓宋远？曾不崇朝。

○河：指黄河。○苇：指用芦苇制成的小筏子。杭：渡。○跂(qí)：踮起脚跟。
○曾：乃。刀：通“舠(dāo)”，小船。○崇朝：终朝，一个早晨。

卫风

伯兮

伯兮朅兮，邦之桀兮。伯也执殳，为王前驱。

自伯之东，首如飞蓬。岂无膏沐？谁适为容？

其雨其雨，杲杲出日。愿言思伯，甘心首疾。

焉得谖草？言树之背。愿言思伯，使我心痗。

○**伯**：古代女子对丈夫的称谓。**朅**(qiè)：威武强壮的样子。○**邦**：国。**桀**：通“杰”，才智出众的人。○**殳**(shū)：古代兵器，用竹子或者木头制成，长为一丈二尺，有棱无刃。○**前驱**：先锋。○**飞蓬**：形容头发乱糟糟的样子。○**膏**：润发的油。**沐**：洗。○**杲杲**(gǎo)：日出时明亮的样子。○**谖**(xuān)**草**：又名“萱”草，古人以为此草可以使人忘掉忧愁，又叫忘忧草。○**痗**(mèi)：病。

卫风

有狐

有狐绥绥，在彼淇梁。心之忧矣，之子无裳。

有狐绥绥，在彼淇厉。心之忧矣，之子无带。

有狐绥绥，在彼淇侧。心之忧矣，之子无服。

○**绥绥**：独自慢慢行走的样子。○**梁**：桥梁，古代多用石头造桥。○**裳**：下衣。○**厉**：通“濑(lài)”，指水边有沙石的浅滩。○**带**：束衣服的带子。

卫风

木瓜

投我以木瓜，报之以琼琚。匪报也，永以为好也！

投我以木桃，报之以琼瑶。匪报也，永以为好也！

投我以木李，报之以琼玖。匪报也，永以为好也！

○**投**：赠送，赠予。○**琼琚**：美玉名。下“琼瑶”“琼玖”意同。○**匪**：不是。

诗经

王风

彼采葛兮，一日不见，如三月兮！
彼采萧兮，一日不见，如三秋兮！

王风

黍离

彼黍离离○，彼稷○之苗。行迈靡靡○，中心摇摇○。

知我者，谓我心忧；不知我者，谓我何求。

悠悠○苍天，此何人哉？

彼黍离离，彼稷之穗。行迈靡靡，中心如醉。

知我者，谓我心忧；不知我者，谓我何求。

悠悠苍天，此何人哉！

○**黍**：谷物名，籽实淡黄色，去皮后叫黄米，是重要的粮食作物。**离离**：茂盛的样子。○**稷**：谷物名，古以稷为百谷之长，今名高粱。○**靡靡**：步行缓慢的样子。○**中心**：心中。**摇摇**：心中愁闷不安的样子。○**悠悠**：遥远的样子。

彼黍离离，彼稷之实。行迈靡靡，中心如噎○。

知我者，谓我心忧；不知我者，谓我何求。

悠悠苍天，此何人哉？

○噎(yē)：食物堵塞食管，这里形容忧闷至极，气塞得无法喘息。

王风

君子于役

君子于役，不知其期，曷至哉？
鸡栖于埘，日之夕矣，羊牛下来。
君子于役，如之何勿思！
君子于役，不日不月，曷其有佸？
鸡栖于桀，日之夕矣，羊牛下括。
君子于役，苟无饥渴？

○**君子**：古代妻子对丈夫的美称。**役**：服役。○**曷**(hé)：何时。○**埘**(shí)：在墙上凿的鸡窝。○**不日不月**：没日没月，指没有归期。○**佸**(huó)：相会，团聚。○**桀**(jié)：鸡栖息的木架。○**苟**：大概，也许。

明
文彭 墨兰图轴（局部）

王风

君子阳阳

君子阳阳○，左执簧○，右招我由房○。其乐只且○。
君子陶陶○，左执翿○，右招我由敖。其乐只且。

○**阳阳**：快乐得意的样子。○**簧**：古时的一种吹奏乐器。○**由房**：演奏房中所跳的舞蹈。○**只且**：语气助词，无实义。○**陶陶**：快乐昂扬的样子。○**翿**(dào)：一种用五彩羽毛制作的扇形舞具。

王风

扬之水

扬之水，不流束薪。彼其之子，不与我戍申。
怀哉怀哉！曷月予还归哉？
扬之水，不流束楚。彼其之子，不与我戍甫。
怀哉怀哉！曷月予还归哉？
扬之水，不流束蒲。彼其之子，不与我戍许。
怀哉怀哉！曷月予还归哉？

○**扬**：悠扬，形容水流缓慢的样子。○**不流**：流不走。**束薪**：捆起的柴。○**戍**：防守。**申**：古国名，君主姓姜。○**楚**：一种灌木荆条。○**甫**：古国名，在今河南省南阳市。○**蒲**：蒲柳，落叶灌木，多栽河边或住宅周围，也叫水杨。○**许**：古国名。

王风

中谷有蓷

中谷有蓷，暵其干矣。有女仳离，嘅其叹矣。

嘅其叹矣，遇人之艰难矣！

中谷有蓷，暵其脩矣。有女仳离，条其啸矣。

条其啸矣，遇人之不淑矣。

中谷有蓷，暵其湿矣。有女仳离，啜其泣矣。

啜其泣矣，何嗟及矣。

○**中谷**：谷中。**蓷**(tuī)：药草名，即益母草。○**暵**(hàn)：干枯，比喻女子因被抛弃而日渐憔悴。○**仳**(pǐ)**离**：分离，这里指妇女被遗弃。○**嘅**(kǎi)：同“慨”，叹息。○**脩**：风干，干枯。○**条**：长。**啸**：悲啸之声。○**淑**：善。○**湿**：晒干。○**啜**：哭泣时抽噎。

王风

兔爰

有兔爰爰，雉离于罗。我生之初，尚无为。
我生之后，逢此百罹，尚寐无吪。
有兔爰爰，雉离于罦。我生之初，尚无造。
我生之后，逢此百忧。尚寐无觉。
有兔爰爰，雉离于罿。我生之初，尚无庸。
我生之后，逢此百凶。尚寐无聪。

○**爰爰**(yuán)：悠然自得的样子。○**离**：通“罹”，遭遇。**罗**：网。○**无为**：无事、指无战乱之事。○**罹**(lí)：忧愁。○**吪**(é)：动。○**罦**(fú)：一种装有机关能自捕鸟兽的网，又名覆车网。○**觉**：醒。○**罿**(tóng)：捕鸟网。○**聪**：听。

王风

葛藟

绵绵葛藟○，在河之浒○。终远兄弟，谓他人父。

谓他人父，亦莫我顾○。

绵绵葛藟，在河之涘。终远兄弟，谓他人母。

谓他人母，亦莫我有。

绵绵葛藟，在河之漘。终远兄弟，谓他人昆○。

谓他人昆，亦莫我闻○。

○**绵绵**：连绵不断的样子。**葛藟**：蔓生植物，即野葡萄。○**浒**：水边。下"涘(sì)""漘(chún)"，意同。○**顾**：理睬，照顾。○**昆**：兄长，哥哥。○**闻**：通"问"，问候，慰问。

采葛

王风

彼采葛○兮，一日不见，如三月兮！

彼采萧○兮，一日不见，如三秋○兮！

彼采艾○兮，一日不见，如三岁兮！

○**葛**：葛藤。○**萧**：芦荻，用火烧有香气，古时用来祭祀。○**三秋**：三个秋季，即九个月。○**艾**：植物名，艾叶可供药用。

王风

大车

大车槛槛○，毳衣如菼○。岂不尔思？畏子不敢。
大车哼哼○，毳衣如璊○。岂不尔思？畏子不奔。
榖○则异室，死则同穴。谓予不信，有如皦○日。

○**大车**：贵族乘坐的车子。**槛槛**(kǎn)：车辆行驶的声音。○**毳**(cuì)**衣**：古代用兽毛织的衣服。**菼**(tǎn)：初生的芦苇。○**哼哼**(tūn)：车行声。○**璊**(mén)：红色的玉。○**榖**(gǔ)：生存，活。○**皦**(jiǎo)：明亮。

王风

丘中有麻

丘○中有麻，彼留子嗟○。彼留子嗟，将其来施施○。

丘中有麦，彼留子国○。彼留子国，将其来食。

丘中有李，彼留之子。彼留之子，贻我佩玖○。

○丘：小山。○留：同“刘”，姓。子嗟：人名。○将：愿，希望。施施：帮助。○子国：人名。诗中之“子嗟”“子国”“留之子”都指同一人。○贻：赠送。玖：类似于玉的浅黑色石头，可以做饰物。

诗经

郑风

风雨如晦，鸡鸣不已。
既见君子，云胡不喜？

郑风

缁衣

缁衣之宜兮○，敝○，予又改为兮。
适子之馆○兮，还，予授子之粲○兮。
缁衣之好兮，敝，予又改造兮。
适子之馆兮，还，予授子之粲兮。
缁衣之蓆○兮，敝，予又改作兮。
适子之馆兮，还，予授子之粲兮。

○**缁衣**：古代卿大夫到官署时穿的黑色朝服。**宜**：合身。○**敝**：破旧。○**适**：去，到。**馆**：客舍。○**粲**：鲜明、美好，指新衣服。○**蓆**(xí)：宽大。古以宽大为美。

郑风

将仲子

将仲子兮，无窬我里，无折我树杞。岂敢爱之？
畏我父母。仲可怀也，父母之言，亦可畏也。
将仲子兮，无窬我墙，无折我树桑。岂敢爱之？
畏我诸兄。仲可怀也，诸兄之言，亦可畏也。
将仲子兮，无窬我园，无折我树檀。岂敢爱之？
畏人之多言。仲可怀也，人之多言，亦可畏也。

○**将**(qiāng)：请，愿。**仲子**：仲，家里排行第二。此处可以理解为女子的情郎，可能他是家里的老二。○**窬**：越过，翻过。**里**：古时二十五家为一里，里四周有墙，这里指邻里之间的院墙。○**爱**：吝惜，舍不得。○**怀**：思念。○**檀**：檀树，木质坚硬，可用来制造家具、农具和乐器。

郑风

叔于田

叔于田，巷无居人。岂无居人？不如叔也，洵美且仁。

叔于狩，巷无饮酒。岂无饮酒？不如叔也，洵美且好！

叔适野，巷无服马。岂无服马？不如叔也，洵美且武！

○**叔**：古代指家里排行老三的人，这里指年轻的猎人。**田**：打猎。○**洵**：实在，确实。**仁**：仁爱。○**狩**：打猎，特指冬天打猎。○**适**：往，去。○**服马**：驾马。○**武**：勇敢。

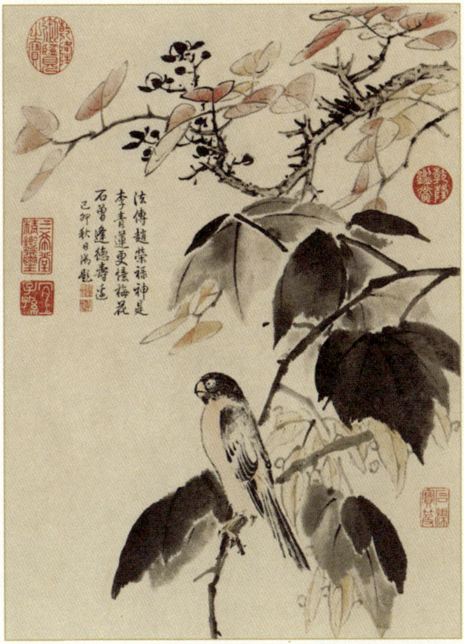

明 蓝瑛 秋色梧桐图轴（局部）

郑风

大叔于田

叔于田，乘乘马○。执辔如组○，两骖如舞。
叔在薮○，火烈具举○。襢裼暴虎○，献于公所。
将叔勿狃○，戒其伤女○。
叔于田，乘乘黄。两服上襄，两骖雁行。
叔在薮，火烈具扬。叔善射忌，又良御忌。

○**乘**(chéng)**乘**(shèng)：第一个“乘”是为动词，驾驭。第二个“乘”是单位名词，指一辆四马驾的车。○**辔**(pèi)：驾驭牲口用的缰绳。**组**：丝织的带子。○**薮**(sǒu)：低湿，长有很多草的地方。○**火烈**：放火烧草以阻挡野兽逃逸。**具**：通“俱”，全都。○**襢裼**(tǎn xī)：脱去上衣，露出胳膊。**襢**：通“袒”。**暴虎**：徒手搏击老虎。○**狃**(niǔ)：习惯，熟悉。○**戒**：警惕，小心。

抑磬控忌，抑纵送忌。
叔于田，乘乘鸨。两服齐首，两骖如手。
叔在薮，火烈具阜。
叔马慢忌，叔发罕忌，抑释掤忌，抑鬯弓忌。

○磬(qìng)：本指乐器，此指人弯腰用力。控：缰绳回拉，勒马暂停的动作。○鸨(bǎo)：黑白毛间杂的马。○阜(fù)：旺盛。○发罕：发箭稀少。○掤(bīng)：箭筒的盖。○鬯(chàng)弓：将弓放入袋中。

郑风

清人

清人在彭，驷介旁旁。二矛重英，河上乎翱翔。
清人在消，驷介麃麃。二矛重乔，河上乎逍遥。
清人在轴，驷介陶陶。左旋右抽，中军作好。

○清：卫国邑名。彭：与下文“消”“轴”皆地名，都在黄河边上。○介：铠甲，这里指马的装甲。旁旁：马儿强壮的样子。○二矛：两支长矛。重：重叠。英：通“缨”，矛头下的红色毛制装饰物。○麃麃(biāo)：威武的样子。○陶陶：疾驰的样子。○左旋：左手麾旗指挥。右抽：右手抽兵器。○作好：做表面工作。

郑风

羔裘

羔裘如濡，洵直且侯。彼其之子，舍命不渝。

羔裘豹饰，孔武有力。彼其之子，邦之司直。

羔裘晏兮，三英粲兮。彼其之子，邦之彦兮。

○**羔裘**：羔羊皮衣。**濡**：润泽光亮的样子。○**洵**：实在，确实。**直**：正直。**侯**：美。○**渝**：改变。○**豹饰**：用豹皮做皮衣袖口的装饰。○**孔**：很，甚。○**司直**：官名，负责主持正义、劝谏君主的过失。○**晏**：鲜艳。○**彦**：士的美称，相当于当今所称的俊杰。

郑风

遵大路

遵○大路兮，掺执子之祛○兮。无我恶○兮，不寁故○也。

遵大路兮，掺执子之手兮。无我魗○兮，不寁好也。

○遵：循，沿着。○掺(shǎn)：拉着，牵着。祛(qū)：袖口。○恶：厌恶。○寁(zǎn)：去。即丢弃、忘记的意思。故：故旧，旧情。○魗(chǒu)：同“丑”，厌恶，嫌弃。

郑风

女曰鸡鸣

女曰：「鸡鸣。」士曰：「昧旦。」
「子兴视夜，明星有烂。」「将翱将翔，弋凫与雁。」
「弋言加之，与子宜之。宜言饮酒，与子偕老。
琴瑟在御，莫不静好。」
「知子之来之，杂佩以赠之。知子之顺之，
杂佩以问之。知子之好之，杂佩以报之。」

○**昧旦**：天色将明未明之际。○**兴**：起。○**明星**：启明星。**烂**：明亮。○**弋**(yì)：带丝绳的箭，用作动词，射箭。**凫**(fú)：野鸭。○**加**：射中。○**宜**：《尔雅》肴也。即菜肴此处作动词，指烹饪菜肴。○**御**：弹奏，演奏。○**来**：抚慰，勉励。○**杂佩**：女子佩戴的用各种佩玉组合成的装饰物。○**顺**：顺从，体贴。○**问**：赠送。

郑风

有女同车

有女同车，颜如舜华○。将翱将翔，佩玉琼琚。
彼美孟姜，洵美且都○。
有女同行，颜如舜英。将翱将翔，佩玉将将○。
彼美孟姜，德音○不忘。

○**舜华**：木槿花。今名牵牛花。○**都**：娴雅美丽。○**将将**(qiāng)：象声词，佩玉互相碰击的声音。○**德音**：好的声誉。

清

华岩　桃潭浴鸭图轴（局部）

郑风

山有扶苏

山有扶苏，隰有荷华。不见子都，乃见狂且！

山有乔松，隰有游龙。不见子充，乃见狡童。

○**扶苏**：木名。○**荷华**：荷花。○**子都**：郑国著名的美男子。后成为美男子的通称。○**狂且**(jū)：行为轻狂的人。○**游龙**：草名。○**子充**：与“子都”同为美男子的通称。

郑风

萚兮

萚○兮萚兮，风其吹女○。叔兮伯兮，倡予和○女。

萚兮萚兮，风其漂○女。叔兮伯兮，倡予要○女。

国风

○**萚**(tuó)：落叶。○**女**：你，指树叶。○**倡**：同“唱”。**和**：伴唱。○**漂**：同“飘”，吹动。○**要**：相约。

郑风

狡童

彼狡童兮，不与我言兮。维子之故，使我不能餐兮。

彼狡童兮，不与我食兮。维子之故，使我不能息兮。

○狡：通“姣”，美好。一说为“狡猾”，有戏谑之意。○维：因为。○息：休息，安宁。

郑风

褰裳

子惠○思我，褰裳涉溱○。子不我思，岂无他人？

狂童○之狂也且！

子惠思我，褰裳涉洧○。子不我思，岂无他士？

狂童之狂也且！

○惠：爱。○褰(qiān)：提起。溱(zhēn)：郑国河名。○童：愚昧无知。○洧(wěi)：郑国河名。

郑风

丰

子之丰兮，俟我乎巷兮。悔予不送兮。
子之昌兮，俟我乎堂兮。悔予不将兮。
衣锦褧衣，裳锦褧裳。叔兮伯兮，驾予与行！
裳锦褧裳，衣锦褧衣。叔兮伯兮，驾予与归。

○**丰**：丰满，容光焕发。○**俟**：等待。○**送**：送女出嫁。○**昌**：身体健壮。○**堂**：客堂。○**将**：送。一说顺从、随行之意。○**衣锦褧衣**：第一个衣作动词，穿；第二个衣作名词，衣服。**褧**(jiǒng)：罩在外面的绢或者麻纱单衣。

清 谢荪 荷花图（局部）

郑风

东门之墠

东门之墠○，茹藘在阪○。其室则迩○，其人甚远。
东门之栗，有践○家室。岂不尔思？子不我即○。

○墠(shàn)：平地。○茹藘(lǘ)：茜草，根可作红色染料。阪(bǎn)：小山坡。○迩：近。○践：善。○即：靠近，接近。

郑风

风雨

风雨凄凄，鸡鸣喈喈。既见君子，云胡不夷？

风雨潇潇，鸡鸣胶胶。既见君子，云胡不瘳？

风雨如晦，鸡鸣不已。既见君子，云胡不喜？

◎云：语气助词，无实义。胡：怎么。夷：平。指心情从焦虑到平静。◎胶胶：鸡叫的声音。◎瘳(chōu)：病愈。◎晦：昏暗。

郑风

子衿

青青子衿，悠悠我心。纵我不往，子宁不嗣音？
青青子佩，悠悠我思。纵我不往，子宁不来？
挑兮达兮，在城阙兮。一日不见，如三月兮。

○**子**：男子的美称。**衿**：衣领。○**悠悠**：忧思的样子。○**宁**：岂，难道。**嗣音**：传音讯。○**挑、达**：独自来回走的样子。○**阙**：宫门前两边供瞭望的楼。

郑风

扬之水

扬之水○，不流束楚。终鲜○兄弟，维予与女。
无信人之言，人实迋○女。
扬之水，不流束薪。终鲜兄弟，维予二人。
无信人之言，人实不信。

○扬之水：小水沟。○终：既，已。鲜：少，缺少。○迋(kuāng)：通“诳”，欺骗。

郑风

出其东门

出其东门，有女如云。虽则如云，匪我思存。
缟衣綦巾，聊乐我员。
出其闉阇，有女如荼。虽则如荼，匪我思且。
缟衣茹藘，聊可与娱。

○思存：心中想念。○缟(gǎo)：白色。綦(qí)巾：暗绿色的佩巾。○聊：且。员：语气助词。○闉阇(yīn dū)：城门外的护门小城。○荼(tú)：白茅花。○思且(jū)：思念，向往。○茹藘(lǘ)：茜草，可作红色染料，这里指红色的衣巾。

郑风

野有蔓草

野有蔓草，零露漙兮。有美一人，清扬婉兮。

邂逅相遇，适我愿兮。

野有蔓草，零露瀼瀼。有美一人，婉如清扬。

邂逅相遇，与子偕臧。

○零：滴落。漙(tuán)：形容露水多的样子。下“瀼(ráng)”意同。○清扬：眉清目秀的样子。婉：美好妩媚。○邂逅：偶然相见。○适：适合。○臧：同“藏”，善，美好。

溱洧

郑风

溱与洧，方涣涣兮。士与女，方秉蕑兮。
女曰：「观乎？」士曰：「既且。」
「且往观乎！」洧之外，洵訏且乐。
维士与女，伊其相谑，赠之以勺药。

○溱(zhēn)、洧(wěi)：均是郑国水名。○方：正在，正当。涣涣：水势盛大的样子。○秉：拿。蕑(jiān)：香草名。○既：已经。且：“徂”的假借字，去，往，指去观看。○洵：确实，实在。訏(xū)：宽大，宽广。

溱与洧，浏其清矣。士与女，殷其盈矣。

女曰：「观乎？」士曰：「既且。」

「且往观乎！」洧之外，洵讦且乐。

维士与女，伊其将谑，赠之以勺药。

○浏：形容水流清澈的样子。○殷：众多。盈：满。

诗经

齐风

猗嗟娈兮，清扬婉兮。
舞则选兮，射则贯兮。

齐风

鸡鸣

「鸡既鸣矣，朝既盈矣。」「匪鸡则鸣，苍蝇之声。」

「东方明矣，朝既昌矣。」「匪东方则明，月出之光。」

「虫飞薨薨，甘与子同梦。」「会且归矣，无庶予子憎。」

○既：已经。○朝：朝廷。盈：满，指人多。下“昌”意同。○薨薨(hōng)：象声词，虫飞的声音。

齐风

还

子之还兮，遭我乎峱之间兮。
并驱从两肩兮，揖我谓我儇兮。
子之茂兮，遭我乎峱之道兮。
并驱从两牡兮，揖我谓我好兮。
子之昌兮，遭我乎峱之阳兮。
并驱从两狼兮，揖我谓我臧兮。

○**还**：轻盈、敏捷的样子。○**遭**：相遇。**峱**(náo)：齐国山名，在今山东临淄南。○**肩**：通“豜”，三岁豕，此处泛指大兽。○**揖**：相见时作拱手状的礼节。**儇**(xuān)：敏捷，灵便。○**茂**：精美，此处指才艺之美。○**牡**：雄兽。○**昌**：英俊。

齐风

著

俟我于著○乎而，充耳以素○乎而，尚之以琼华○乎而。
俟我于庭○乎而，充耳以青乎而，尚之以琼莹乎而。
俟我于堂○乎而，充耳以黄乎而，尚之以琼英乎而。

○著：门与屏风之间的地方。○素：白。○琼华：美玉。下“琼莹”“琼英”意同。○庭：院子。○堂：庭堂。

清 吴应贞 荷花图（局部）

齐风

东方之日

东方之日兮，彼姝者子，在我室兮。
在我室兮，履我即兮。
东方之月兮，彼姝者子，在我闼兮。
在我闼兮，履我发兮。

国风

○姝：美丽。子：指女子。○履：踏，踩。○闼(tà)：门内。○发：脚。

齐风

东方未明

东方未明，颠倒衣裳。颠之倒之，自公召之。

东方未晞，颠倒裳衣。倒之颠之，自公令之。

折柳樊圃○，狂夫瞿瞿○。不能辰○夜，不夙则莫○。

○**樊**：篱笆。○**瞿瞿**(qú)：瞪着眼睛看的样子。○**辰**：辰时。此指守时。○**夙**：早。**莫**：同“暮”，晚。

齐风

南山

南山崔崔，雄狐绥绥。鲁道有荡，齐子由归。
既曰归止，曷又怀止？
葛屦五两，冠緌双止。鲁道有荡，齐子庸止。
既曰庸止，曷又从止？

○**南山**：又名牛山，齐国山名。**崔崔**：山势高峻的样子。○**绥绥**：相跟随的样子。○**鲁道**：去鲁国的路。**荡**：平坦。○**齐子**：齐侯之子，指文姜。**归**：出嫁。○**曷**：何。○**葛屦**(jù)：用麻葛编织的鞋。○**緌**(ruí)：古代帽带结在下巴下面的下垂部分，是贵族的装饰。○**庸**：用。○**从**：跟从。

艺○麻如之何？衡从○其亩。取妻如之何？必告父母。既曰告止，曷又鞠止？

析○薪如之何？匪斧不克○。取妻如之何？匪媒不得。既曰得止，曷又极○止？

○**艺**：种植。○**衡从**：横纵，东西为横，南北为纵。此指耕织田地。○**析**：砍，劈。○**克**：能。○**极**：穷极，放任。

齐风

甫田

无田甫田，维莠骄骄。无思远人，劳心忉忉。
无田甫田，维莠桀桀。无思远人，劳心怛怛。
婉兮娈兮，总角丱兮。未几见兮，突而弁兮。

○**甫田**：很大的田地。○**莠**(yǒu)：野草。**骄骄**：形容杂草挺立而茂盛的样子。下“桀桀”意同。○**忉忉**(dāo)：忧愁的样子。○**怛怛**(dá)：悲伤的样子。○**婉**：美好。**娈**：清秀。○**弁**(biàn)：古时成年男子戴的一种帽子。

齐风

卢令

卢令令，其人美且仁。

卢重环，其人美且鬈。

卢重锤，其人美且偲。

○卢：黑色猎犬。令令：象声词，猎犬颈上铃铛的声音。○仁：和蔼友好。○重环：大环上套一个小环。○鬈(quán)：形容头发卷曲的样子。○重锤(méi)：一个大环套两个小环。○偲(cāi)：多才。

齐风

敝笱

敝笱在梁，其鱼鲂鳏。齐子归止，其从如云。

敝笱在梁，其鱼鲂鱮。齐子归止，其从如雨。

敝笱在梁，其鱼唯唯。齐子归止，其从如水。

○**敝笱**(gǒu)：破败的鱼笱。**梁**：河中筑起的堤坝，中有过水口，渔具置其中可捕获顺流而下的鱼虾。○**鲂**(fáng)：鳊鱼。**鳏**(guān)：鲲鱼。○**齐子**：指文姜。**归**：回娘家。○**鱮**(xù)：鲢鱼。○**唯唯**：游鱼互相追逐、任意游动的样子。

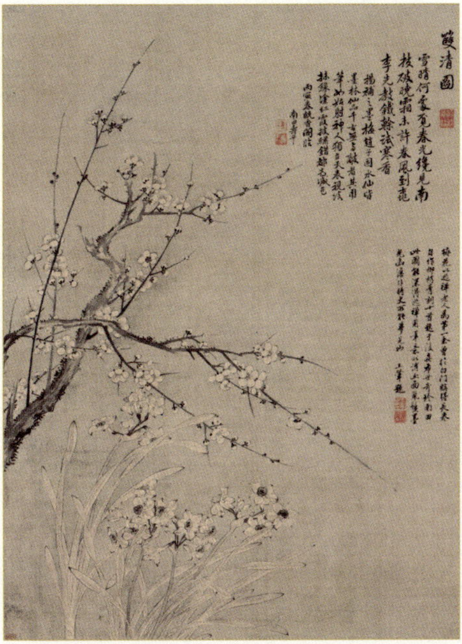

清

恽寿平　双清图（局部）

齐风

载驱

载驱薄薄，簟茀朱鞹。鲁道有荡，齐子发夕。

四骊济济，垂辔濔濔。鲁道有荡，齐子岂弟。

汶水汤汤，行人彭彭。鲁道有荡，齐子翱翔。

汶水滔滔，行人儦儦。鲁道有荡，齐子游敖。

○**载驱**：策马。**薄薄**：象声词，车轮快速滚动的声音。○**簟**(diàn)**茀**：用作遮蔽的竹席。**朱鞹**(kuò)：红色革皮制的车盖。○**荡**：平坦。○**骊**：黑色的马。**济济**：马行步调一致。○**辔**(pèi)：赶马的缰绳。**濔濔**(mǐ)：柔软的样子。○**岂弟**：快乐而心不在焉的样子。○**彭彭**：形容行人众多。下“儦儦(biāo)”意同。

齐风

猗嗟

猗嗟昌兮，颀而长兮，抑若扬兮。
美目扬兮，巧趋跄兮，射则臧兮。
猗嗟名兮，美目清兮，仪既成兮。
终日射侯，不出正兮，展我甥兮。
猗嗟娈兮，清扬婉兮，舞则选兮。
射则贯兮，四矢反兮，以御乱兮。

○**猗嗟**：感叹词。**昌**：盛大美好的样子。○**颀而**：身材高大。○**扬**：前额开阔。○**扬**：形容目光流动有神的样子。○**巧趋**：轻巧地疾走。**跄**：步伐疾走。○**臧**：好，熟练。○**名**：通“明”，昌盛。○**仪**：射仪。○**侯**：箭靶，射布。○**正**：指箭靶。○**展**：确实，真是。**甥**：外甥。○**娈**：壮美。○**选**：与众不同。○**贯**：射穿。○**反**：指四支箭都从一个靶心穿过。

诗经

魏风

硕鼠硕鼠，无食我黍！
三岁贯女，莫我肯顾。

魏风

葛屦

纠纠葛屦，可以履霜？掺掺女手，可以缝裳？
要之襋之，好人服之。
好人提提，宛然左辟，佩其象揥。
维是褊心，是以为刺。

○纠纠：绳索交错缠绕的样子。○可：通“何”。履：踩。○掺掺(chān)：纤细的样子。○要：衣裳的腰身。襋(jí)：衣领，作动词，缝衣领。○好人：指女主人。○提提：通“媞媞”，安逸舒服的样子。一说美好的样子。○宛然：回转身体的样子。辟：向左回避闪开。○揥(dì)：古代首饰，发篦，簪子。○褊(biǎn)：本指衣服小，这里指心地狭隘。○刺：讽刺。

魏风

汾沮洳

彼汾沮洳，言采其莫。彼其之子，美无度。
美无度，殊异乎公路！
彼汾一方，言采其桑。彼其之子，美如英。
美如英，殊异乎公行！
彼汾一曲，言采其藚。彼其之子，美如玉。
美如玉，殊异乎公族。

○**汾**：汾水，今在山西中部。**沮洳**(jù rù)：水边低湿的地方。○**莫**：酸模，草本植物，又名羊蹄菜，有酸味。○**度**：限度。○**殊**：很，非常。**公路**：官名，掌管王公贵族的乘车。○**公行**：官名，掌管诸侯的兵车。○**曲**：河水转弯的地方。○**藚**(xù)：泽泻草，多年生草本植物，可食入药。○**公族**：官名，掌管魏君宗族事物。

魏风

园有桃

园有桃，其实之肴○。心之忧矣，我歌且谣○。
不知我者，谓我：「士○也骄。彼人是哉，子曰何其。」
心之忧矣，其谁知之？其谁知之，盖○亦勿思！

○肴(yáo)：做好的菜，这里用作动词，吃。○歌、谣：泛指歌唱。○士：古代对知识分子或一般官吏的称呼。○盖：通“盍”，何不，为什么不。

园有棘○，其实之食。心之忧矣，聊以行国○。

不知我者，谓我：「士也罔极○。彼人是哉，子曰何其。」

心之忧矣，其谁知之？其谁知之，盖亦勿思！

○棘：酸枣树。○行国：周游列国。○罔极：无常。

魏风

陟岵

陟彼岵兮，瞻望父兮。父曰：「嗟！
予子行役，夙夜无已。上慎旃哉，犹来无止！」
陟彼屺兮，瞻望母兮。母曰：「嗟！
予季行役，夙夜无寐。上慎旃哉，犹来无弃！」
陟彼冈兮，瞻望兄兮。兄曰：「嗟！
予弟行役，夙夜必偕。上慎旃哉，犹来无死！」

○陟(zhì)：登。岵(hù)：有草木的山。○旃(zhān)：之，语助词。○屺(qǐ)：未生草木的山。○季：兄弟中排行最小的，指小儿子。○偕：俱，在一起。

魏风

十亩之间

十亩之间兮，桑者闲闲○兮，行与子还兮。
十亩之外兮，桑者泄泄○兮，行与子逝○兮。

○桑者：采桑人。闲闲：悠闲的样子。○泄泄(yì)：人很多的样子。○逝：回去。

魏风

伐檀

坎坎伐檀兮，置之河之干兮，河水清且涟猗。
不稼不穑，胡取禾三百廛兮？
不狩不猎，胡瞻尔庭有县貆兮？
彼君子兮，不素餐兮！
坎坎伐辐兮，置之河之侧兮，河水清且直猗。
不稼不穑，胡取禾三百亿兮？

○**坎坎**：象声词，伐木声。**檀**：树名，木质坚硬。○**干**：岸。○**涟**：水面的波纹。**猗**：同“兮”，语气词。○**稼**：种植。**穑**(sè)：收获，收割。○**三百廛**(chán)：三百户农家所交的税。三百，表示多，不是确数。下“三百亿”“三百囷”意同。○**瞻**：望。**县**：同“悬”，悬挂。**貆**(huán)：兽名，猪獾。○**素**：白，空。○**辐**：车轮中的直木。○**直**：平直，平静。

不狩不猎，胡瞻尔庭有县特○兮？
彼君子兮，不素食兮！
坎坎伐轮○兮，置之河之漘○兮，河水清且沦○猗。
不稼不穑，胡取禾三百囷○兮？不狩不猎，
胡瞻尔庭有县鹑○兮？彼君子兮，不素飧○兮！

○特：大兽。○轮：车轮。○漘(chún)：水边。○沦：水的微波。○囷(qūn)：古代一种圆形谷仓。○鹑：鹌鹑。○飧(sūn)：熟食。

齐风

硕鼠

硕鼠硕鼠，无食我黍！三岁贯女，莫我肯顾。
逝将去女，适彼乐土。乐土乐土，爰得我所？
硕鼠硕鼠，无食我麦！三岁贯女，莫我肯德。
逝将去女，适彼乐国。乐国乐国，爰得我直？
硕鼠硕鼠，无食我苗！三岁贯女，莫我肯劳。
逝将去女，适彼乐郊。乐郊乐郊，谁之永号？

○**贯**："宦"的假借字，侍奉、养活的意思。○**逝**：通"誓"，发誓。**去**：离开。○**爰**：乃，就。○**德**：感激之意。○**直**：报酬。○**劳**：慰劳。○**永号**：长叹。

清

郎世宁 仙萼长春图十六开（局部）

诗经

唐风

绸缪束楚，三星在天。
今夕何夕，见此良人？

唐风

蟋蟀

蟋蟀在堂，岁聿其莫。今我不乐，日月其除。
无已大康，职思其居。好乐无荒，良士瞿瞿。
蟋蟀在堂，岁聿其逝。今我不乐，日月其迈。
无已大康，职思其外。好乐无荒，良士蹶蹶。
蟋蟀在堂，役车其休。今我不乐，日月其慆。
无已大康，职思其忧。好乐无荒，良士休休。

○**堂**：堂屋。○**聿**：语气助词，没有实义。**莫**：同“暮”。○**除**：去。○**已**：过度，甚。**大(tài)康**：康乐，安乐。○**职**：还要。**居**：指所处的地位。○**好**：喜欢。**荒**：荒废。○**瞿瞿(jù)**：警惕四顾的样子。○**逝**：去。下“迈”意同。○**蹶蹶(guì)**：勤劳的样子。○**役车**：服役出差乘坐的车。○**慆(tāo)**：逝去。○**休休**：安闲自得的样子。

清
余稚 花鸟册（局部）

唐风

山有枢

山有枢，隰有榆。子有衣裳，弗曳弗娄。
子有车马，弗驰弗驱。宛其死矣，他人是愉。
山有栲，隰有杻。子有廷内，弗洒弗扫。
子有钟鼓，弗鼓弗考。宛其死矣，他人是保。
山有漆，隰有栗。子有酒食，何不日鼓瑟？
且以喜乐，且以永日。宛其死矣，他人入室。

○**枢**：树名，即刺榆树。○**曳**：拖。**娄**：牵拉。○**宛**：枯死的样子。○**栲**(kǎo)：树名，即山樗(chū)。○**杻**(niǔ)：树名。○**考**：敲击。○**保**：占有，据为己有。○**漆**：漆树。○**栗**：栗子树。○**瑟**：乐器名。○**永日**：整日。

清
余稚　花鸟册（局部）

唐风

扬之水

扬之水，白石凿凿。素衣朱襮，从子于沃。
既见君子，云何不乐？

扬之水，白石皓皓。素衣朱绣，从子于鹄。
既见君子，云何其忧？

扬之水，白石粼粼。我闻有命，不敢以告人！

○**扬**：小水。○**凿凿**：光亮鲜明。○**素**：白。**襮**(bó)：绣有饰纹的衣领。○**沃**：曲沃，晋国邑名，在今山西闻喜县。○**云何**：如何。○**皓皓**：洁白的样子。○**鹄**：曲沃。○**粼粼**：水清澈明净的样子。○**命**：命令，指示。

唐风

椒聊

椒聊之实，蕃衍盈升。彼其之子，硕大无朋。椒聊且，远条且！
椒聊之实，蕃衍盈匊。彼其之子，硕大且笃。椒聊且，远条且！

○椒：花椒，多子味香，古人以椒喻妇人子孙多。○蕃衍：繁盛众多。○朋：比。○且(jū)：语末助词。○远条：指香气远扬。○匊(jū)：通“掬”，两手合捧为一掬。○笃：忠厚。

唐风

绸缪

绸缪束薪，三星在天。今夕何夕，见此良人？
子兮子兮，如此良人何？
绸缪束刍，三星在隅。今夕何夕，见此邂逅？
子兮子兮，如此邂逅何？
绸缪束楚，三星在户。今夕何夕，见此粲者？
子兮子兮，如此粲者何？

○**绸缪**：紧密缠绕。○**三星**：星宿名，即心星。○**良人**：古时女子对丈夫的美称。○**刍**(chú)：喂牲口的草料。○**隅**：天的东南方。○**邂逅**：偶然遇见。○**楚**：荆条。○**户**：门。○**粲者**：美人，指新娘。

唐风

杕杜

有杕之杜，其叶湑湑。独行踽踽。岂无他人？不如我同父。嗟行之人，胡不比焉？人无兄弟，胡不佽焉？

有杕之杜，其叶菁菁。独行睘睘。岂无他人？不如我同姓。嗟行之人，胡不比焉？人无兄弟，胡不佽焉？

○杕(dì)：树林孤生的样子。**杜**：棠梨树。○**湑湑**(xǔ)：树叶繁盛的样子。○**踽踽**(jǔ)：孤独无依的样子。○**同父**：同胞兄弟。○**佽**(cì)：帮助。○**睘睘**(qióng)：孤独、无所依靠的样子。

唐风

羔裘

羔裘豹祛，自我人居居。岂无他人，维子之故。
羔裘豹褎，自我人究究。岂无他人，维子之好。

○祛(qū)：袖子。○居居：同“倨倨”，傲慢无礼貌。○维：同“惟”，只有。○褎(xiù)：同“袖”。○究究：同“仇仇”，心怀恶意、不可亲近的样子。

清
余稚　花鸟册（局部）

唐风

鸨羽

肃肃鸨羽，集于苞栩。王事靡盬，不能蓺稷黍。

父母何怙？悠悠苍天，曷其有所？

肃肃鸨翼，集于苞棘。王事靡盬，不能蓺黍稷。

父母何食？悠悠苍天，曷其有极？

肃肃鸨行，集于苞桑。王事靡盬，不能蓺稻粱。

父母何尝？悠悠苍天，曷其有常？

○**肃肃**：鸟飞翅扇动的响声。**鸨**：鸟名，似雁，头小颈长，背部平，尾巴短，不善飞，能涉水。○**栩**：柞树。○**靡盬**(gǔ)：没有停息，无休止。○**蓺**(yì)：种植。○**怙**(hù)：依靠。○**行**(háng)：原指“翅根”，此处引申为鸟翅。○**常**：正常。

唐风

无衣

岂曰无衣？七兮。不如子之衣，安且吉兮。

岂曰无衣？六兮。不如子之衣，安且燠兮。

○七：虚数，表示衣服很多。○安：舒适。吉：美，漂亮。○燠(yù)：暖和。

唐风

有杕之杜

有杕之杜，生于道左○。彼君子兮，噬肯适○我？
中心○好之，曷饮食之？
有杕之杜，生于道周○。彼君子兮，噬肯来游？
中心好之，曷饮食之。

○道：道路，大路。○适：悦。○中心：心中。○周：右。一说道路弯曲处。

清
余稚　花鸟册（局部）

唐风

葛生

葛生蒙楚，蔹蔓于野。予美亡此，谁与？独处。
葛生蒙棘，蔹蔓于域。予美亡此，谁与？独息。
角枕粲兮，锦衾烂兮。予美亡此，谁与？独旦。
夏之日，冬之夜。百岁之后，归于其居。
冬之夜，夏之日。百岁之后，归于其室。

○**蒙**：覆盖。楚：荆条。○**蔹**(liǎn)：一种蔓生植物，俗称野葡萄。○**予美**：指所爱的人。○**域**：墓地。○**角枕**：用兽骨制成或装饰的枕头，供死者用。**粲**：色彩鲜明的样子。○**锦衾**：装殓死者用的、锦做的被子。○**独旦**：独自到天亮。○**其居**：指坟墓。下“其室”意同。

唐风

采苓

采苓采苓，首阳之巅。人之为言，苟亦无信。
舍旃舍旃，苟亦无然。人之为言，胡得焉？
采苦采苦，首阳之下。人之为言，苟亦无与。
舍旃舍旃，苟亦无然。人之为言，胡得焉？
采葑采葑，首阳之东。人之为言，苟亦无从。
舍旃舍旃，苟亦无然。人之为言，胡得焉？

○**苓**：甘草。○**首阳**：山名，在今山西省永济县南，又名雷首山。○**为**：通“伪”。○**苟**：诚然，确实。○**旃**(zhān)：之。○**苦**：一种苦菜。○**葑**(fēng)：芜菁，也叫蔓菁。

诗经

秦风

蒹葭苍苍，白露为霜。
所谓伊人，在水一方。

秦风

车邻

有车邻邻○，有马白颠○。未见君子，寺人○之令。
阪○有漆，隰有栗。既见君子，并坐鼓瑟。
今者不乐，逝者其耋○。
阪有桑，隰有杨。既见君子，并坐鼓簧。
今者不乐，逝者其亡。

○**邻邻**：通“辚辚”，车行声。○**白颠**：一种良马，额头正中有块白毛。○**寺人**：侍人，宫中侍候贵族的小臣。○**阪**：山坡。○**逝者**：将来。**耋**(dié)：《释名》八十曰耋，耋，铁也，皮肤变黑色如铁也。

秦风

驷驖

驷驖孔阜，○六辔在手。公○之媚子，从公于狩。

奉时辰牡，辰牡孔硕。公曰左之，○舍拔○则获。

游于北园，四马既闲。輶○车鸾镳，载猃○歇骄。

○**驷驖**(tiě)：四匹铁色的马。**孔**：特别，非常。**阜**(fù)：肥大。○**公**：指秦国君。○**左之**：向左追赶。○**舍拔**：放箭。○**輶**(yóu)：用于驱赶野兽的轻车。○**猃**(xiǎn)：长嘴猎犬。

秦风

小戎

小戎俴收，五楘梁辀。游环胁驱，阴靷鋈续。
文茵畅毂，驾我骐异。
言念君子，温其如玉。在其板屋，乱我心曲。
四牡孔阜，六辔在手。骐骝是中，騧骊是骖。
龙盾之合，鋈以觼軜。

○俴(jiàn)：浅。○楘(mù)：用皮革扎在车辕上的装饰。梁辀(zhōu)：车辕。○靷(yǐn)：引车前行的皮带，前端系在马颈的皮套上，后端系在车上。鋈(wù)：白铜。续：环。○文茵：虎皮车褥子。○骐：青黑色的马。异(zhù)：左蹄有白花或四蹄皆白的马。○骝(liú)：红身黑鬃的马。○騧(guā)：黑嘴黄身马。骊：黑色马。骖：在辕马旁拉套的马。○觼(jué)：有舌的环。軜(nà)：拉套马靠里的缰绳。

言念君子，温其在邑。方何为期，胡然我念之。

俴驷孔群，厹矛鋈錞。蒙伐有苑，虎韔镂膺。

交韔二弓，竹闭绲縢。

言念君子，载寝载兴。厌厌良人，秩秩德音。

○**俴驷**：披着薄青铜甲的四匹马。**孔群**：协调。○**厹**(qiú)**矛**：一种有三棱锋刃的长矛。**錞**(duì)：又名鐏，矛柄下端的平底金属套。○**韔**(chàng)：弓囊。**镂膺**：金饰弓套的正面。○**绲**(gǔn)：绳。**縢**(téng)：捆，缠束。

秦风

蒹葭

蒹葭苍苍，白露为霜。所谓伊人，在水一方。
溯洄○从之，道阻且长。溯游○从之，宛在水中央。
蒹葭凄凄，白露未晞○。所谓伊人，在水之湄○。
溯洄从之，道阻且跻○。溯游从之，宛在水中坻○。
蒹葭采采○，白露未已，所谓伊人，在水之涘○。
溯洄从之，道阻且右○。溯游从之，宛在水中沚○。

○**洄**：逆流而上。○**游**：流，指直流的水道。○**晞**(xī)：干。○**湄**：河岸。○**跻**(jī)：地势渐高。○**坻**(chí)：水中的凸起土地。○**采采**：茂盛的样子。○**涘**(sì)：水边。○**右**：道路向右边弯曲。○**沚**：水中的小块陆地。

清
余稚 花鸟册（局部）

秦风

终南

终南○何有？有条有梅○。君子至止，锦衣狐裘。
颜如渥丹○，其君也哉！
终南何有？有纪有堂○。君子至止，黻○衣绣裳。
佩玉将将，寿考不忘！

○终南：终南山，在今陕西西安。○条：山楸。梅：梅树。○渥丹：形容脸色红润。○纪："杞"的假借字，即"杞树"。堂："棠"的假借字，指海棠树。○黻(fú)：古代礼服上黑与青相间的花纹。

清
余稚 花鸟册（局部）

秦风

黄鸟

交交黄鸟，止于棘。谁从穆公？子车奄息。
维此奄息，百夫之特。临其穴，惴惴其栗。
彼苍者天，歼我良人！如可赎兮，人百其身。
交交黄鸟，止于桑。谁从穆公？子车仲行。
维此仲行，百夫之防。临其穴，惴惴其栗。

○**交交**：鸟鸣声。○**从**：跟随，这里指陪葬。**穆公**：秦国国君。○**子车奄息**：人名，子车为姓。○**特**：匹配。○**人百其身**：愿意用一百人赎回一人。

彼苍者天，歼我良人！如可赎兮，人百其身。

交交黄鸟，止于楚。谁从穆公？子车鍼虎。

维此鍼虎，百夫之御。临其穴，惴惴其栗。

彼苍者天，歼我良人！如可赎兮，人百其身。

秦风

晨风

鴥彼晨风○，郁彼北林。未见君子，忧心钦钦○。
如何如何？忘我实多！
山有苞栎○，隰有六驳○。未见君子，忧心靡乐。
如何如何？忘我实多！
山有苞棣○，隰有树檖○。未见君子，忧心如醉。
如何如何？忘我实多！

○**鴥**(yù)：形容鸟飞得快。**晨风**：鸟名，属于鹞鹰一类。○**钦钦**：担忧的样子。○**苞**：树木丛生的样子。**栎**(lì)：一种落叶乔木。○**六**：形容多，非实指。**驳**(bó)：赤李树。○**棣**(dì)：木名，又名唐棣。○**檖**(suì)：山梨树。

清 余稚 花鸟册（局部）

秦风

无衣

岂曰无衣？与子同袍。
王○于兴师，修我戈矛。与子同仇！
岂曰无衣？与子同泽○。
王于兴师，修我矛戟○。与子偕作○！
岂曰无衣？与子同裳。
王于兴师，修我甲兵。与子偕行！

国风

○**王**：指周天子。○**泽**：同“襗”，贴身衣物。○**戟**：古代兵器，在长柄的一端装有青铜或铁制的枪尖，旁边附有月牙形锋刃，总长一丈六尺，是中国古代十大杀器之一。○**作**：一起行动。

清
余稚 花鸟册（局部）

秦风

渭阳

我送舅氏，曰至渭阳○。何以赠之？路车乘黄○。
我送舅氏，悠悠我思。何以赠之？琼瑰○玉佩。

○渭：渭水。阳：山的南面或水的北面。○路车：古代诸侯乘的车。乘黄：四匹黄马。○琼瑰：美玉。

秦风

权舆

於○，我乎！夏屋渠渠○，今也每食无余。
於嗟乎！不承权舆○！
於，我乎！每食四簋○，今也每食不饱。
於嗟乎！不承权舆。

○於(wū)：感叹词。○夏屋：面积大的房子。渠渠：深广而宽大的样子。○权舆：形容草木萌芽的样子，引申为开始、初始。○簋(guǐ)：古时盛食物的器皿。

诗经

陈风

彼泽之陂，有蒲与荷。
有美一人，伤之如何？

陈风

宛丘

子之汤兮，宛丘之上兮。洵有情兮，而无望兮。

坎其击鼓，宛丘之下。无冬无夏，值其鹭羽。

坎其击缶，宛丘之道。无冬无夏，值其鹭翿。

○**子**：指女巫。**汤**：通“荡”，形容摇摆的舞姿。○**宛丘**：陈国地名。○**洵**：真、确实。○**坎其**：即“坎坎”，描写击鼓、击缶之声。○**值**：持，戴。**鹭羽**：指用白鹭羽毛做的舞具。○**缶**(fǒu)：瓦质的打击乐器。○**翿**(dào)：一种形似伞或扇的舞具。

清
恽寿平　山水花鸟图册之古木寒鸦（局部）

陈风

东门之枌

东门之枌，宛丘之栩。子仲之子，婆娑其下。

穀旦于差，南方之原。不绩其麻，市也婆娑。

穀旦于逝，越以鬷迈。视尔如荍，贻我握椒。

○**枌**(fén)：白榆树。○**子仲**：姓氏。○**穀**(gǔ)：善，好。**旦**：好日子。**差**(chāi)：选择。○**原**：高而平坦的地方。○**绩**：纺。○**市**：集市。○**逝**：去，往。○**鬷**(zōng)：众。**迈**：行走。○**荍**(qiáo)：草本植物，即锦葵。

陈风

衡门

衡门○之下，可以栖迟○。泌之洋洋○，可以乐饥。

岂其食鱼，必河之鲂○？岂其取妻，必齐之姜？

岂其食鱼，必河之鲤？岂其取妻，必宋之子？

○**衡门**：简陋的房屋。○**栖迟**：休息。○**泌**：水名。**洋洋**：水盛的样子。○**鲂**：鱼名。

东门之池

陈风

东门之池，可以沤麻。彼美淑姬，可与晤歌。

东门之池，可以沤纻。彼美淑姬，可与晤语。

东门之池，可以纻菅。彼美淑姬，可与晤言。

○沤(òu)：长时间用水浸泡。○姬：周之姓。○纻(zhù)：麻属，其纤维可以织布。○菅(jiān)：多年生草本植物，叶细长而尖，开绿花，结褐色颖果，茎泡软后可用于编织。

清 恽寿平 山水花鸟图册之兰花蝴蝶花（局部）

东门之杨

陈风

东门之杨，其叶牂牂○。昏以为期，明星煌煌○。

东门之杨，其叶肺肺，昏以为期，明星晢晢。

○**牂牂**(zāng)：茂盛的样子。下“肺肺(pèi)”意同。○**明星**：启明星。**煌煌**：明亮的样子。下“晢晢(zhé)”意同。

陈风

墓门

墓门有棘，斧以斯之。夫也不良，国人知之。知而不已，谁昔然矣。

墓门有梅，有鸮萃止。夫也不良，歌以讯之。讯予不顾，颠倒思予。

○**斯**：用斧头劈开。○**夫**：彼、那个人。○**谁昔**：从前。○**鸮**(xiāo)：猫头鹰，古人认为是恶鸟。**萃**：聚集。**止**：语气助词。○**讯**：劝谏之意。○**颠倒**：指国事纷乱。

陈风

防有鹊巢

防有鹊巢，邛有旨苕。谁侜予美？心焉忉忉。

中唐有甓，邛有旨鹝。谁侜予美？心焉惕惕。

○防：堤岸，堤坝。○邛(qióng)：土丘。旨：味美。苕(tiáo)：苕草，一种长在低湿处的植物。○侜(zhōu)：欺骗。○忉忉(dāo)：忧愁的样子。○中唐：古代堂前或门内的甬道。甓(pì)：砖瓦。○鹝(yì)：绶草，生长在阴湿处。○惕惕：忧虑、害怕的样子。

清
恽寿平 山水花鸟图册之乔柯急涧（局部）

月出

陈风

月出皎兮，佼人僚兮。舒窈纠兮，劳心悄兮。
月出皓兮，佼人懰兮。舒忧受兮，劳心慅兮。
月出照兮，佼人燎兮。舒夭绍兮，劳心惨兮。

○**皎**：皎洁明亮。○**佼**(jiǎo)**人**：美人。**僚**：同“嫽”，美好的样子。○**舒**：舒缓，形容从容娴雅。**窈纠**(yǎo jiǎo)：女子行走时舒缓的姿态。下“忧(yǒu)受”“夭绍”意同。○**悄**：忧愁的样子。○**懰**(liú)：姣好的样子。

株林

陈风

胡为乎株林？从夏南；匪适株林，从夏南！

驾我乘马，说于株野；乘我乘驹，朝食于株。

○**株林**：陈国邑名，在今河南省西华县西南。○**夏南**：夏御叔的儿子，名夏徵舒，字子南。○**匪**：非，不是。**适**：去、往。○**说**(shuì)：通“税”，停车。○**朝食**：吃早饭。

泽陂

陈风

彼泽之陂，有蒲与荷。有美一人，伤如之何？
寤寐无为，涕泗滂沱。
彼泽之陂，有蒲与蕑。有美一人，硕大且卷。
寤寐无为，中心悁悁。
彼泽之陂，有蒲菡萏。有美一人，硕大且俨。
寤寐无为，辗转伏枕。

○泽：聚水的地方，如池塘、小湖泊。陂(bēi)：堤岸。○蒲：香蒲，多年生草本植物，多生在河滩。○伤：因思念而忧伤。○蕑(jiān)：兰草。○卷：头发卷曲而美好的样子。○悁(yuān)悁：忧郁的样子。○菡萏(hàn dàn)：芙蓉，荷花的别称。○俨：端庄的样子。

清 恽寿平 山水花鸟图册之荷花（局部）

诗经

桧风

隰有苌楚，猗傩其枝。
夭之沃沃，乐子之无知。

桧风

羔裘

羔裘逍遥，狐裘以朝。岂不尔思？劳心忉忉。

羔裘翱翔，狐裘在堂。岂不尔思？我心忧伤！

羔裘如膏，日出有曜。岂不尔思？中心是悼！

○羔裘：用羊羔皮制成的大衣。○朝：上朝。○堂：公堂。○膏：油。○曜：照耀。

清 恽寿平 山水花鸟图册之牡丹（局部）

素冠

桧风

庶见素冠兮，棘人栾栾兮，劳心慱慱兮。

庶见素衣兮，我心伤悲兮，聊与子同归兮。

庶见素韠兮。我心蕴结兮，聊与子如一兮。

○**庶**：有幸。**素冠**：白帽。○**棘**：古"瘠"字，瘦。**栾栾**：憔悴瘦弱的样子。○**慱慱**(tuán)：忧愁、劳苦的样子。○**韠**(bì)：古代作朝服的皮制护膝。

桧风

隰有苌楚

隰有苌楚，猗傩其枝。夭之沃沃，乐子之无知。

隰有苌楚，猗傩其华。夭之沃沃，乐子之无家。

隰有苌楚，猗傩其实。夭之沃沃，乐子之无室。

○**苌（cháng）楚**：植物名，即猕猴桃。○**猗傩（ē nuó）**：同“婀娜”，轻柔、美好的样子。○**夭**：指初生草木处于茁壮成长时期。**沃沃**：形容叶子润泽的样子。○**乐**：羡慕。

桧风

匪风

匪风发兮，匪车偈兮。顾瞻周道，中心怛兮。
匪风飘兮，匪车嘌兮。顾瞻周道，中心吊兮。
谁能亨鱼？溉之釜鬵。谁将西归？怀之好音。

〇**匪**：通“彼”，那。**发**：起。〇**偈**(jié)：偈偈，形容车马疾驰的样子。〇**怛**(dá)：悲伤，忧伤。〇**飘**：旋风，这里形容风势迅速旋转的样子。〇**嘌**(piāo)：车子颠簸前进的样子。〇**吊**：悲伤。〇**溉**：洗涤。**釜**：锅。**鬵**(qín)：大锅。〇**怀**：带给。**好音**：平安消息。

清 恽寿平 山水花鸟图册之溪山行旅（局部）

诗经

曹风

蜉蝣之羽，衣裳楚楚。
心之忧矣，于我归处。

曹风

蜉蝣

蜉蝣○之羽，衣裳楚楚○。心之忧矣，于我归处。

蜉蝣之翼，采采○衣服。心之忧矣，于我归息。

蜉蝣掘阅○，麻衣○如雪。心之忧矣，于我归说○。

○**蜉蝣**：一种寿命极短的虫，其羽翼极薄并有光泽。○**楚楚**：鲜明的样子。○**采采**：华丽的样子。○**掘阅**：穿穴。阅，通“穴”。○**麻衣**：蜉蝣透明而有麻纹的薄翼。○**说**(shuì)：通“税”，止息，歇息。

曹风

候人

彼候人兮，何戈与祋。彼其之子，三百赤芾。

维鹈在梁，不濡其翼。彼其之子，不称其服。

维鹈在梁，不濡其咮。彼其之子，不遂其媾。

荟兮蔚兮，南山朝隮。婉兮娈兮，季女斯饥。

○**候人**：在路上迎候宾客的小官。○**何**：同“荷”，扛。**戈**、**祋**(duì)：兵器名。○**赤芾**(fú)：皮革做的红色蔽膝。○**咮**(zhòu)：鸟嘴。○**遂**：称心，如愿。**媾**(gòu)：宠爱。○**荟**、**蔚**：云雾弥漫的样子。○**隮**(jī)：虹。○**婉**、**娈**(luán)：美好的样子。○**季女**：年轻的女子，少女。

曹风

鸤鸠

鸤鸠在桑，其子七兮。淑人君子，其仪一兮。
其仪一兮，心如结兮。
鸤鸠在桑，其子在梅。淑人君子，其带伊丝。
其带伊丝，其弁伊骐。

○**鸤(shī)鸠**：布谷鸟。○**仪**：威仪，即今言风度、仪容。**一**：坚定，始终如一。○**结**：固结。○**其弁(biàn)伊骐(qí)**：弁是帽子的一种，用布帛或者布革制成。青黑色的马为“骐”，这里指弁的颜色是黑色。

鸤鸠在桑，其子在棘。淑人君子，其仪不忒○。

其仪不忒，正是四国○。

鸤鸠在桑，其子在榛。淑人君子，正是国人。

正是国人，胡○不万年。

○**忒**(tè)：差错。○**正**：长官。**四国**：四方之国。○**胡**：何。

曹风

下泉

冽彼下泉，浸彼苞稂。忾我寤叹，念彼周京。
冽彼下泉，浸彼苞萧。忾我寤叹，念彼京周。
冽彼下泉，浸彼苞蓍。忾我寤叹，念彼京师。
芃芃黍苗，阴雨膏之。四国有王，郇伯劳之。

○**冽**：冷。**下泉**：地下涌出的山泉水。○**苞**：植物丛生，茂盛的样子。**稂**(láng)：像谷子的一种野草，也叫狗尾巴草。○**忾**(kài)：叹息声。○**周京**：西周国都镐京。下“京周”“京师”意同。○**萧**：艾蒿。○**蓍**(shī)：多年生草本植物，即蓍草。○**芃芃**(péng)：茂盛茁壮的样子。○**膏**：滋润。○**郇**(xún)**伯**：晋大夫荀跞。

清
恽寿平　山水花鸟图册之群鹅（局部）

诗经

豳风

七月在野，八月在宇，
九月在户，十月蟋蟀入我床下。

豳风

七月

七月流火，九月授衣。一之日觱发，二之日栗烈。
无衣无褐，何以卒岁？三之日于耜，四之日举趾。
同我妇子，馌彼南亩，田畯至喜。
七月流火，九月授衣。春日载阳，有鸣仓庚。
女执懿筐，遵彼微行，爰求柔桑。
春日迟迟，采蘩祁祁。女心伤悲，殆及公子同归。

○一之日：夏历的十一月。觱(bì)发(bō)：大风吹物发出的声音。○二之日：夏历的十二月。栗烈：寒气袭人。○三之日：夏历的正月。○四之日：夏历的二月。○馌(yè)：往田里送饭。南亩：南边的田地。○田畯(jùn)：古代掌管农事的官。○仓庚：黄莺。○懿(yì)筐：深筐。○微行(háng)：小路。○蘩(fán)：白蒿，养蚕用。祁祁：很多的样子。

七月流火，八月萑苇。蚕月条桑，取彼斧斨。

以伐远扬，猗彼女桑。七月鸣鵙，八月载绩。

载玄载黄，我朱孔阳，为公子裳。

四月秀葽，五月鸣蜩。八月其获，十月陨萚。

一之日于貉，取彼狐狸，为公子裘。

二之日其同，载缵武功，言私其豵，献豜于公。

○**萑**(huán)**苇**：荻草和芦苇。○**斧斨**(qiāng)：装柄处圆孔的叫斧，方孔的叫斨。○**远扬**：指过长过高的桑枝。○**猗**(yī)：同“掎”，牵引。**女桑**：嫩桑叶。○**鵙**(jú)：伯劳鸟，又名杜鹃，叫声响亮。○**葽**(yāo)：植物名，可入药。○**陨萚**(tuò)：枝叶脱落。○**貉**(hé)：形似狐狸，俗称狗獾。○**缵**(zuǎn)：继续。○**豵**(zōng)：一岁的野猪，这里泛指小兽。○**豜**(jiān)：三岁的野猪，这里泛指大兽。

五月斯螽动股，六月莎鸡振羽。七月在野，八月在宇，
九月在户，十月蟋蟀入我床下。穹窒熏鼠，塞向墐户。
嗟我妇子，曰为改岁，入此室处。
六月食郁及薁，七月亨葵及菽。八月剥枣，十月获稻。
为此春酒，以介眉寿。七月食瓜，八月断壶，九月叔苴。
采茶薪樗，食我农夫。

○**斯螽**(zhōng)：蚱蜢。**动股**：指两股相切摩擦发声。○**莎**(suō)**鸡**：虫名，纺织娘。○**熏鼠**：用火熏烧老鼠，使之不能在屋内藏身。○**墐**(jìn)：用泥涂抹。○**郁**：郁李。**薁**(yù)：野葡萄。○**菽**：豆子。○**介**(gài)：求。**眉寿**：长寿。○**断壶**：摘下葫芦。○**叔**：拾起。**苴**(jū)：秋麻籽，可吃。○**茶**：一种苦菜。**樗**(chū)：臭椿树，木质不好，仅可供烧火用。

九月筑场圃，十月纳禾稼。黍稷重穋，禾麻菽麦。
嗟我农夫，我稼既同，上入执宫功。
昼尔于茅，宵尔索绹，亟其乘屋，其始播百谷。
二之日凿冰冲冲，三之日纳于凌阴。
四之日其蚤，献羔祭韭。
九月肃霜，十月涤场。朋酒斯飨，曰杀羔羊。
跻彼公堂，称彼兕觥，万寿无疆！

○**同**：集中，收齐。○**上**：同“尚”，还得。**执宫功**：修建宫室。○**于茅**：割茅草。○**索绹**(táo)：搓绳子。○**亟**：急忙。**乘屋**：爬上房顶去修理。○**凌阴**：冰窖。○**蚤**：同“早”，这里指早朝，古代的一种祭祖仪式。○**朋酒**：两杯酒。**飨**：用酒食招待客人。○**跻**：登上。**公堂**：公共场所。○**称**：举杯。**兕觥**(sì gōng)：古代一种用犀牛角制成的大酒杯。

豳风

鸱鸮

鸱鸮鸱鸮，既取我子，无毁我室。
恩斯勤斯，鬻子之闵斯。
迨天之未阴雨，彻彼桑土，绸缪牖户。
今女下民，或敢侮予？

○**鸱鸮**(chī xiāo)：猫头鹰。○**鬻**(yù)：养育。○**迨**(dài)：等到，趁着。○**彻彼桑土**：彻，寻取。桑土，桑树根。○**下民**：指鸟巢下的人。

予手拮据，予所捋荼。予所蓄租，
予口卒瘏，曰予未有室家。
予羽谯谯，予尾翛翛。予室翘翘，
风雨所漂摇，予维音哓哓！

○**蓄租**：蓄，积蓄，积攒。租，这里指鸟食。○**瘏**(tú)：病。○**谯谯**(qiáo)：羽毛干枯无光泽。○**翛翛**(xiāo)：羽毛稀疏的样子。○**翘翘**：危险、不牢固的样子。○**哓哓**(xiāo)：鸟的惊叫声。

豳风

东山

我徂东山，慆慆不归。我来自东，零雨其濛。
我东曰归，我心西悲。制彼裳衣，勿士行枚。
蜎蜎者蠋，烝在桑野。敦彼独宿，亦在车下。
我徂东山，慆慆不归。我来自东，零雨其濛。
果蠃之实，亦施于宇。伊威在室，蠨蛸在户。
町畽鹿场，熠耀宵行。不可畏也，伊可怀也。

○**慆**(tāo)：长久。○**行枚**：古代军人行军时口中衔根小木棍，以防出声。○**蜎蜎**(yuān)：虫子爬行、蠕动的样子。**蠋**(zhú)：野蚕。○**烝**(zhēng)：乃。○**敦**(duī)：身体蜷缩成一团的样子。○**果蠃**(luǒ)：瓜蒌，葫芦科植物。○**施**(yì)：蔓延。○**伊威**：俗称地鳖虫，生于阴暗潮湿的地方。○**蠨蛸**(xiāo shāo)：一种长脚的小蜘蛛，又名喜蛛。○**町畽**(tǐng tuǎn)：田舍旁空地，禽兽践踏的地方。

我徂东山，慆慆不归。我来自东，零雨其濛。
鹳鸣于垤，妇叹于室。洒扫穹窒，我征聿至。
有敦瓜苦，烝在栗薪。自我不见，于今三年。
我徂东山，慆慆不归。我来自东，零雨其濛。
仓庚于飞，熠耀其羽。之子于归，皇驳其马。
亲结其缡，九十其仪。其新孔嘉，其旧如之何？

○**鹳**(guàn)：水鸟名。**垤**(dié)：小土堆。○**穹窒**：堵塞漏洞。○**有敦**：敦敦，团团。**瓜苦**：苦瓜。○**皇驳**：皇，马的毛色黄白相间。驳，指马毛色不纯。○**缡**(lí)：女子出嫁时系的佩巾。○**九十**：形容婚礼仪式隆重繁多。○**孔嘉**：非常美丽。

豳风

破斧

既破我斧，又缺我斨。周公东征，四国是皇。
哀我人斯，亦孔之将。
既破我斧，又缺我锜。周公东征，四国是吪。
哀我人斯，亦孔之嘉。
既破我斧，又缺我銶。周公东征，四国是遒。
哀我人斯，亦孔之休。

○**四国**：指商、管、蔡、霍四国。**皇**：通“匡”，匡正、治理。○**孔**：很，非常。○**锜**(qí)：古代的一种凿子。○**吪**(é)：感化，变化。○**嘉**：善，好。○**銶**(qiú)：古时一种像锹的工具。○**遒**：团结。○**休**：完美，美好。

清

恽寿平　山水花鸟图册之菊花（局部）

豳风

伐柯

伐柯如何？匪斧不克。取妻如何？匪媒不得。

伐柯伐柯，其则不远。我觏之子，笾豆有践。

○克：能够。○则：法则，道理。○觏：遇见。○笾(biān)：古时竹制的盛果物的器具。有践：排列整齐的样子。

清

佚名 离支伯赵图页（局部）

豳风

九罭

九罭之鱼鳟鲂。我觏之子，衮衣绣裳。
鸿飞遵渚，公归无所，于女信处！
鸿飞遵陆，公归不复，于女信宿！
是以有衮衣兮，无以我公归兮！无使我心悲兮！

○**九罭**(yù)：捕小鱼的细眼渔网。**鳟**、**鲂**：皆指大鱼。○**衮**(gǔn)**衣**：绣有龙图案的礼服，古代君王和公侯的礼服。○**信**：两宿的称法。○**陆**：高平的地方。○**复**：返回。○**有**：藏。

豳风

狼跋

狼跋其胡，○载疐其尾。○公孙硕肤，○赤舄几几。○

狼疐其尾，载跋其胡。公孙硕肤，德音不瑕。○

○跋：踩、踏。胡：颔下的垂肉。○载：且。疐(zhì)：脚踩。○公孙：国君的子孙，此指周公。○赤舄(xì)：红色的鞋，为贵族所穿。几几：步履稳健的样子。○瑕：瑕疵。

图书在版编目（CIP）数据

诗经．国风 / 中图文库编委会编．-- 昆明 ：云南美术出版社，2018.8

（中图文库 ：典雅精装版）

ISBN 978-7-5489-3273-4

Ⅰ.①诗… Ⅱ.①中… Ⅲ.①古体诗－诗集－中国－春秋时代 Ⅳ.①I222.2

中国版本图书馆 CIP 数据核字（2018）第 165011 号

选题策划：中国图书进出口（集团）总公司 北京漫库文化传媒有限公司
出 版 人：李 维 刘大伟

责任编辑：肖 超 王可心
特约编辑：张 敏
责任校对：缪 伟
封面设计：付 巍

中图文库·典雅精装版

诗经·国风

中图文库编委会 编

出版发行：云南出版集团
云南美术出版社（云南省昆明市环城西路 609 号）
印　　装：北京彩和坊印刷有限公司
开　　本：880mm×1230mm 1/32
印　　张：8.25
字　　数：165 千
印　　数：1 ~ 3000
版　　次：2018 年 9 月第 1 版
印　　次：2018 年 9 月第 1 次印刷
书　　号：ISBN 978-7-5489-3273-4
定　　价：78.00 元

版权所有 翻印必究·印装有误 负责调换